新 潮 文 庫

ケーキ王子の名推理《スペシャリテ》6

七 月 隆 文 著

新 潮 社 版

contents

ケーキ王子の名推理《スペシャリテ》

6

Spécialité
du prince des gâteaux

Prologue

クリスマスの彩《いろど》りが違って見える。

有村未羽《ありむらみう》は近頃、しみじみと実感していた。

もちろん毎年気持ちは華やぐし、友達や家族と楽しく過ごすのだけれど、今年のイルミは目に染《し》みた。

無敵な感じがする。弾む心地となんともいえない安心感があって、溶かしたバターと蜂蜜《はちみつ》を染みこませたパンのようにじゅわっと甘い。

「有村」

少し前を歩く彼が振り向いた。

王子——そんな形容が浮かぶ鋭く端正な面差し、すらりと伸びた背、清潔な空気感。

この代官山という場所にも、ひときわの明るさを放つという意味合いで馴染《なじ》んでいる。

最上颯人《もがみはやと》。彼氏だ。

颯人は間違えた、というふうに軽く唇を結び、それから照れくさそうに目を逸《そ》らし、またこちらを見て、まだちょっとぎこちない温度の声でこう呼び直した。

「未羽」

胸がきゅんとして、くすぐったくなった。

そうなのである。

ケーキを愛する未羽は、世界一のパティシエを目指す颯人から告白され恋人となった。

付き合った当初はお互い勝手がわからなくて戸惑うこともあったけど、なんやかんやで熱いキスもして、下の名前で呼び合うようになった。

それに照れる彼をかわいいなあ、と愛《め》でるくらいの余裕もある。

「なあに、颯人？」

ちょっとひやかす感じで呼び返すと、颯人はお気に召さなかったようにむっとなり、

「気持ち悪い顔になってるぞ」

「！　ちょっ」

未羽は緩んでいた頰に手をあて、

「むかつく」

などとじゃれる。

駅の北口から出た歩道橋を渡り、水色の狭い螺旋《らせん》階段を下りる。

「こっちだ」

颯人がスマホの地図を見ながら、なだらかな上り坂を指す。

マンションの一階にあるドラッグストアと細い並木。どこにでもある景観さえ、このあたりはなんだか垢抜《あかぬ》けたフィルターがかかるが、とにかく坂が多い。都心になればなるほどその傾向が強く、どうしてこんなつらい立地がそのまま栄えたのだろうと未羽はいつも不思議になる。

「中東のコーヒーって初めてだから楽しみ」

未羽はつぶやく。

これから向かう店は「アラビックコーヒー」という中東式のコーヒーを出すカフェ。

「スパイスを入れた煮出しコーヒーか。俺も想像がつかない」

「カレーみたいだったりして」

「薬っぽい匂《にお》いかもしれない」

「あったまりそうではある」

歩いていると、鼻の頭が冷たくなってきた。晴天だが、それだけにこの季節は地面から染み出てくるような寒さがある。

鼻に指を添え温めていると、颯人が様子をうかがってきた。

未羽ははにかみ、ちょっとぶつかるようにして彼にくっついた。恋人なのだ。遠慮はいらない。

颯人の体軀《たいく》は木の幹みたいに硬く、本当に同じ生きものなのかと思ってしまう。と、彼の腕が動き……未羽の手を握った。

そのとたん寒さはどこかに去っていて、ただ、あたたかくなった。

「なんかお茶みたいな色だね」

御猪口《おちょこ》のような白磁のカップに、薄茶色のアラビックコーヒーが半分ほど注がれた。二人分のポットが提供され、手酌で飲んでいくスタイル。ダラーという銅製のポットは、注ぎ口が南国の鳥みたいで可愛《かわい》らしい。

「香りすごいね」

鼻をつくスパイスに未羽がふれると、颯人はややふいをつかれたように一瞬こわばる。それから自分の御猪口を鼻先まで持っていき、小さく息をついた。

「やはり嗅覚《きゅうかく》は女子の方が鋭いな」

「そうなの？」

「そう思う」

ちょっと悔しそうだ。

店は、とても洒落《しゃれ》ていた。

建物と建物の狭間《はざま》にある秘密の庭、といったロケーション。細い石畳のアプローチに常緑の鉢植えと木の看板が飾られ、ガラス張りの壁とあたたかみのあるカウンター、小さなテーブル。

マスターの女性が中東訛《なま》りらしき日本語で常連客の婦人と話している。だが場所柄らしいさらりとしたコミュニケーションで、未羽たち新参者も居心地は悪くない。

「わーいい感じ」

未羽は中東菓子とコーヒーのセットを手早くスマホに収め、

「よし、頂こう」

おもむろに御猪口をつまんだ。煮出しコーヒーなのでかなり熱い。縁にある金メッキのアラベスクが綺麗《きれい》だ。

そこに唇を寄せ、熱いコーヒーを空気と混ぜながら慎重にすすった。

「――――!」

意表をつかれ、かっと目を見開く。

「口の中で砂塵《さじん》が舞った! 混じり合ったスパイスが細かな砂になってぼわあっと広がる感じ! なんだろう、砂漠、砂漠の朝? 風が吹いて薄い砂埃《すなぼこり》に太陽がかすんでいる風景、イエメンの香り……シッバーム!!」

ム!! の余韻が狭い店内に染み渡り、未羽は我に返る。

向かいでは颯人が御猪口を手にしたまま目をつむっている。表情はないが、こめかみに見えざるビキビキとした稲妻が走っているさまが未羽には見えるようだった。マスターや常連客はなんでもない素振りをしていたが、絶対に頭の中で何か思っているはずだ。

「いやー……ははは」

久しぶりに食レポが暴発してしまった。

颯人はため息をつき、御猪口に唇をつける。と、笑いをこらえきれなかったというふうに口の端が持ち上がった。

「なんですか」

「なんでもない」

彼が表情を引き締め、コーヒーをひと口飲んだ。

「……言いたいことはわかる」

「でしょ」

「こうしてみると、コーヒーもスパイスの一部になった感じだな」

「たしかに」

未羽ははたとスマホを手にし、ＳＮＳを開く。

「ごめん、一瞬メモるね」

下書きに、さっき放った食レポの要点《フレーズ》を打つ。最近、スイーツの趣味垢を作った。発信するというより、とりあえず置いておくといったものだ。

「なんで始めたんだ?」

「いろんなお店連れてってくれるじゃん」

付き合うようになってから、颯人はほぼ毎週新しいスイーツの店に未羽を誘《いざな》う。それはもちろん彼自身の勉強のためで、カップルだと行きやすい場所が増えたと、これ幸いに引っ張り回す。ケーキを愛する未羽にとっては最高の彼氏だ。

「なんか残したいと思ってさ。食レポも読み返すと、こんなこと言ってたのか、みたいな」

それから迫る期末テストを話題にしながら、中東の焼き菓子をつまむ。いつか子供時代に食べたような懐《なつ》かしい味がした。

客が増えてくる。ほとんどが女性で、すぐ颯人のイケメンぶりに目を奪われ、直後、未羽に九割敵設定の値踏みのまなざしを向けてくるコンボ。いつものことだ。

それを頰のあたりで受け流しつつ、未羽はコーヒーをつぎ足そうとした。

気づいた颯人が先に動く。

「あ。ありがと」

ポットを傾ける彼の手はごつく、力を入れた腕にたくましい筋が入る。パティシエの重労働をこなす彼は綺麗なだけでなく、男ぶりもあった。

そういうものを眺めているうち、自然と目が合う。

くっつく感触。

もうとっさに逸らすような間柄じゃなくて、吸いついて、お互いの瞳孔《どうこう》をみつめあうようなものになる。甘やかな痺《しび》れがあって、時間の流れを忘れてしまう。

未羽はにへら、と笑いかけた。

颯人はくすぐったそうに眉間《みけん》を掻《か》いて、直後、はっと思い出した素早さで足下のリュックを引っ張り出す。彼はそのあたりの切り替えがあって、少し情緒が足りないと未羽は思う。リュックの口を開けた。

「何してるの？」

「少し早いが、クリスマスプレゼントだ」

「えっ」

つい声が出てしまった未羽の前で、颯人がラッピングされた箱を取り出す。

リュックにぎりぎり入っていた大きさ。厚さは一〇センチくらいの、やや長方形。

渡してくる。

「え？　え？　なんで？」

「開けてから説明する」

戸惑いつつラッピングを解いていく。店のものでなく手製らしかった。パティスリー勤務なので達者なものだ。

「破いていいぞ」

「そういうわけには」

セロハンテープを丁寧に剝《は》がし、包装紙を剝《む》いていると、視界の端にこちらを見ている女性客たちの姿が映った。

代官山のお洒落なカフェでこんなイケメンにクリスマスプレゼントを渡されている自分はリア充の権化《ごんげ》に他ならないと、我ながら思ってしまった。そういう瞬間だった。

出てきた紙箱を、どきどきしながら開けた。

中に入っていたのは、赤い木箱。

三角屋根の家みたいな形。外枠に雪の結晶やトナカイといったクリスマスのモチーフが描かれ、中心はたくさんの小さなボックスで仕切られている。ボックスの表面にはそれぞれ数字が書かれていた。

「……なにこれ？」

颯人が答えた。

「アドベントカレンダーだ」

un

アドベントカレンダー

1

「アドベントカレンダー？」

未羽は聞き返し、赤い木箱をみつめる。

四角いボックスと数字の並びは、言われてみればたしかにカレンダーにも見えた。

数字は「1」に始まり「24」まで。

「クリスマス専用のカレンダーなんだ」

「あっ、だから『24』までなんだ」

「ああ」

言いながら、ボックスを指す。

「この一つ一つに、ちょっとしたプレゼントが入っている。一日ずつ開けていきながら、クリスマスをカウントダウンしていくんだ」

「それめっちゃいい！」

未羽は声を弾ませる。そんな素敵な過ごし方があるだなんて知らなかった。

「何が入ってるんだろう」

「このカレンダー自体は市販のものだが」

「普通に売ってるんだね」

「中身は俺が考えて入れた」

「えっ、ほんと？」

あらためて日付のボックスを見る。彼のことだ、きっと工夫が凝らされているだろう。

「楽しみー」

わくわくが溢《あふ》れてくる。

赤い木枠をすりすりと撫《な》でる。にやけすぎて、頬が温まった桃みたいだ。気持ちだけで言えば、いま世界一幸せなクリスマスシーズンを過ごしている人間かもしれないという浮かれた発想まで出た。

「ありがとう。めちゃくちゃ嬉《うれ》しい」

心から言うと、彼は返事の代わりにイエメンのコーヒーを飲んだ。


まるで幼い日に帰ったように、朝が来るのが楽しみだった。

いつも以上にすっきりと目覚め、この部屋に昨夜から加わったアイテムのことを思い出し、ポップコーンのごとく起きた。

ベッドから下り、飾り棚にしっかかと鎮座したアドベントカレンダーを見て。にへら。と笑う。

今日は、一二月一日。

最初のボックスを開けることができるのだ。

さっそく指をかけようとして……はたと止まる。

寝起きの顔、ぼさぼさの髪と格好。

未羽はなんとなく、もっとちゃんとした状態で開けなければならないという謎《なぞ》の義務感に駆られた。

だから部屋を出て顔を洗い、一分朝パックをして、制服に着替え、勝負の前髪をきめる、などといったモーニングルーティーンをこなし、全体的にいい感じになってからあらためてカレンダーに臨んだ。

「…………」

一日《ついたち》の箱を、ゆっくり引き開ける。

中には――透明な小袋に包まれた、ひと粒のトリュフショコラ。

纏《まと》ったオーラからして颯人の手作りだ。絶対に美味《おい》しいやつ。

――ああ。

未羽は初日にしてアドベントカレンダーの醍醐味《だいごみ》を知得した。

これは、日々の小さな幸せが目に見える形になったものなのだと。

「！　はっ」

よだれが垂れかけていて、あわてて拭《ふ》いた。

包みから出したとたん、ふわっとココアが香る。手のひらに載せると、甘美なざらざら感と丸さが伝わった。

——朝ショコラ。

そう名付けることにして、未羽はひと口に頂いた。

ほろ苦いココアとミルク感たっぷりのガナッシュが恍惚《こうこつ》と溶けていく。最高の糖分を脳に染《し》みこませながら、香りは尽きざる泉のごとく湧《わ》き続け、うっかり解脱《げだつ》しそうになった。

朝ショコラ、いい。

未羽は颯人にＬＩＮＥで報告しようとして、ショコラを撮り忘れてしまったことに気づく。次善の対応策として空になった袋を撮り、こう添えた。

『ごちそうさま』

『撮る前に食べてしまったんだろ』

めっちゃバレてた。

それから未羽は、自分が感じたアドベントカレンダーの楽しさを伝えた。小さな幸せ。これがあと二三日もあるなんて。

颯人はそれに応《こた》えつつ、こんな返信をよこしてきた。

『最後のイブには、当日使うものを入れてある』

2

「やめろ！　私のライフはとっくにゼロ！」

悠希《ゆうき》がおどけて両手で目を覆《おお》う。

未羽が代官山でもらったアドベントカレンダーについて話を終えようとしていたところだった。

何度か訪れている親友の家は、いつもなんだかいい匂《にお》いがする。

期末テストの半ば、早上がりの放課後に、悠希の家にお邪魔して勉強会をしているのだった。

「はーリア充こわい。焼き尽くされるわ」

細面の美少女がそんなことを言いながらぱたぱた顔を扇《あお》いでいる様は、なんとも趣がある。

悠希の部屋は、うっかり無印のカタログに出てきそうなシンプル・ナチュラルな佇《たたず》まいだったが、奥にあるオタクグッズの陳列——推しの神殿がたしかな存在感を放っていた。

「で、ボックスの中には何が入ってたの？」

「最初はトリュフショコラで、次がミントガム」

「テスト勉強がんばれってことかー」

「昨日はバスソルトだった」

「癒《い》やせってことかー」

悠希が、はーと応じつつ、納得げにこう継いだ。

「なんとも最上くんらしいわね」

「どういうこと？」

「緻密《ちみつ》っていうか、全部考えてやる感じっていうか」

「たしかに。まあ職人だからね」

「お。今のカノジョっぽい」

「え、いやいやそんな」

「爆発しろよー」

悠希がやさぐれ感を出す。自分はそういうときめきとは無縁。そんな素振りだ。

けれど未羽はつい、あのとき目撃した光景を浮かべてしまう。

表参道の交差点を、背の高い男性と一緒に渡っていた悠希の姿。

男性の背中に向けた、あの光るまなざしを。

悠希によると、あの男性は「こう兄《にい》」という従兄弟《いとこ》らしい。未羽が思ったようなことじゃないよと。けれど……。

そのとき、階段を上る足音が聞こえてきた。

『悠希ちゃん、開けてもらってもいい？』

ドア越しに声。

悠希が開けると、お茶菓子のトレイを持つ悠希の母が立っていた。背がちっちゃくて、にこにこと可愛《かわい》いおばさんだ。

「ありがとうございます」

未羽は弾んだ声で言う。もう何度か会っているので、けっこう打ち解けている。

「はかどってる？」

おばさんも、ティーカップを置きながら気さくに話してきた。

「はい、まあなんとか」

「イケメンの彼氏とはどう？」

「そっちもはい、まあまあ順調です」

「えーそう」

おばさんは好奇心に目を明るくし、

「イブはどこ行くの？　初めてのイブだよね？　ちなみに今どこまで――」

「ママ」

娘がたしなめると、おばさんは昔流行《はや》ったテンプレのようなてへぺろをした。本当に娘と性格が違う。

「ごゆっくり」

言っておばさんが出ていこうとして、ドアの前で「あ」と振り向く。

「悠希。さっき姉さんから電話あって、正月、こう兄も一緒に来るって」

「あ、そうなんだ」

悠希のなにげなさそうな返事。

だが未羽は気づいた。あ、という声の前に「…」とでも表すべき刹那《せつな》があったこと。

それが帯びていたぎこちない温度を。

再び未羽の脳裏に、表参道で見た悠希のまなざしが閃《ひらめ》く。

「楽しみねー」

「だね」

やりとりをして、おばさんが出ていった。

悠希がこちらを向く。未羽はなんの準備もないまま目を合わせてしまった。

だから、伝わってしまった。

未羽が、悠希の刹那の揺らぎに気づいたこと。

悠希がそれを認識したこともまた、未羽に伝わった。

「なに？」

しかし悠希はなかったことにして、そのまま通そうとした。

「え……ううん」

そうなっては未羽も踏み込めない。明らかにぎこちない間が流れた。

「この問題だけやって、ひと息つこっか」

いつもの涼しい顔で、置いたシャーペンを取る。構えようとしたとき、指からすっぽ抜け——からからからっ、とノートの上を転がった。

悠希は自分の手をみつめ、

「……ぷっ」

吹き出す。うなじから耳の先までがみるみる赤く染まる。

「めっちゃ動揺してるじゃん、私」

つぶやき、後ろに手をついて胸を反らせ、はーと大げさな息を吐く。

「こう兄のこと、好きなのよ」

あっけらかんと、カミングアウトした。

張りつめていた未羽の胸が、安堵《あんど》に緩む。

「だと思った！」

声と顔を輝かせた。

「いつから思ってた？」

「表参道で見たときからだよ。悠希、こんな目してたもん」

未羽は昔の少女マンガのごとく、瞳《ひとみ》をうるっとみなぎらせた。

「マジか」

悠希が苦笑いになる。

「そんな目だったかー」

つかえていたものが取れた、晴れ晴れとした表情に見えた。

「背が高くてやさしそうな人だよね」

「身長は八三だったかな。バスケとか柔道やってた」

「いいねぇ。今は社会人？」

「車のディーラーで営業やってる」

ディーラーという単語が未羽にはぴんとこなかったが、車を売っている人と解釈した。

「もともと車が好きでね、昔は古いアメ車とか乗ってた」

話す顔が、ぜんぜん違う。なんというか乙女。独特の透きとおったあどけなさ。いつもクールで、細い枝にとまる一羽の鳥のようなのに。

「従兄弟にガチ恋って、どうかしてるよね」

自嘲《じちょう》する悠希に、

「でも気持ちはわかるよ。従兄弟のお兄さんっていいよね。特別感があるっていうか」

「そう」

力強くうなずく。

「年に何回かしか会えないしさ。来る日は朝からずっとわくわくして、外で車が見えるの待ったり……」

瞳が過去を浮かべる遠さになる。

「私、小さい頃、気難しくてさ。自分だったら絶対ほっとくなって思うくらい、めんどくさいガキだったの。でも、こう兄はいつもやさしくて」

そこには、ありし日の光景が浮かんでいるのだろう。盆と正月にだけ来る従兄弟のお兄ちゃん。いつもやさしくて、わがままを言ってても受けとめてくれる。

「描いたマンガをこっそり見せたりしたな」

「悠希、マンガ描いてたの？」

「オタクのたしなみよ。女子のダイエット、男子の筋トレ並に一回はやってみること」

「今も描いてるの？」

「身の程を知った」

淡泊に答えた。

「初めて聞いたよ」

未羽は感慨を覚える。初めて聞いたこと、見たことのない顔。何百回と話してきた親友でも、まったく知らなかったことがあって、今そこにふれることができたのだと。

暖房がため息をつき、ちょっと冷たい風を送ってくる。窓の外では冬の陽がもう傾き始めていた。

「こう兄のことは、どうこうするつもりはないよ」

悠希が諦《あきら》めの苦笑を浮かべる。

「従兄弟だしね。普通にないじゃん」

言って、フィナンシェをつまんだ。金の延べ棒の形から金融《フィナンシェ》の名がついた焼き菓子。

「そうなのかな」

未羽が返したつぶやきを、親友は聞こえないふりをした。

3

ここは、自由が丘の住宅街にぽつんとある洋菓子店『モンスール・ガトー《私のためだけのケーキ》』。口コミが広がり、少人数生産ゆえすぐに売り切れてしまうレアリティも手伝って、今や人の絶えない人気店である。

「こちらでお間違いないですか？」

テストも無事終わり、未羽は店のカウンターで客が選んだケーキを見せている。シャンティフレーズ、タルト・タタン、キャラメルポワール。煌《きら》めき、艶《つや》めき、さながら宝石のよう。

確認を取ると、手早く箱詰めしていく。いかに好きな食べ物といえど、こうして売り物として扱っている間は何も感じなくなるのが通常だ。

だが、未羽は違う。

――うまそう。

ケーキへの欲望が麻痺《まひ》することはない。

「お品物になります。ありがとうございました！」

客に手渡すときは、我が子を見送るような心地である。

ショーケースの前では複数の客がケーキを真剣に吟味しており、新たに入店した女子たちも、その美しい彩《いろど》りを目にして顔を輝かせる。

これだった。初めてここのケーキを見たときの感動、華やいだ空気。それに接するたび、未羽も新鮮な気持ちを呼び起こす。

――だよね。

好きなものを共有できている感じがして、未羽はこのアルバイトが好きだった。

イートインスペースでは、颯人がいつもながらの王子的営業スマイルで女子たちを虜《とりこ》にしている。

青山は厨房《ちゅうぼう》で製作しつつ、状況に応じて未羽や颯人のサポートをする。

この三人で、店は調和を持って回転していた。

少し手が空いた未羽は、働く颯人に目をやる。

あんなにモテまくっているイケメンが彼氏という状況は正直くすぐられるものがあるが、同時に自分でいいのかなと不安にもなる。それにしても、

――落ち着いてるなぁ。

実は今日、コンクールの一次審査の結果が出る。

【ＷＰＴＣ】――ワールド・ペストリー・チーム・コンペティション。

いま世界で最も権威のある、パティシエの世界大会だ。

その日本代表チームを選抜する予選に応募していた。

一次審査の内容は、書類と試食。

颯人が応募したA部門の場合は、チョコレートケーキ《アントルメ・ショコラ》とアメ細工による大型装飾菓子《ピエスモンテ》の完成写真、およびケーキのレシピ《ルセット》。そして試食審査のため、冷凍したワンホールケーキを送るというもの。

その合否が公式サイトで発表される。すでにもう出ているかもしれない。

だというのに、颯人はずっと涼しい顔で接客を続けていて、未羽の方がそわそわしてしまうのだった。


「颯人、結果見よ!?」

バイトが終わって即、未羽は言った。

「…………」

対する颯人は「そういえばそうだった」くらいのテンションで、未羽には信じがたかった。彼の背中を押すように更衣室へ行く。

颯人がロッカーからスマホを取り出す。

「……あ」

「なに⁉」

バッテリーが切れていた。

「なんで⁉」

そうなのだ。イメージでは充電を常に九〇パーセント以上にしていそうな彼だが、その実、スマホに対する関心が薄い。電車では文庫本を読む希少種だ。

「もう！　わたし見るよ⁉」

未羽は自分のスマホで、ブックマークしておいた公式サイトを開く。

と、『一次審査結果』と書かれたリンクが現れていて、未羽は緊張しつつタップする。

アメ細工部門という表記の下に、通過者の名前がずらっと並んでいて——

最上颯人（モンスール・ガトー）

目にしたとたん、テンションが上がる。自分の高校入試で受験番号を見たときの数倍、上がった。

「あったよ！　やった！」

颯人の肩をつかんで、上下に跳ねる。

「そうか」

彼はなんでもないふうに応えた。擬音で表すなら「すーん」である。

喜びを分かち合いたい未羽は、肩透かしとともに欲求不満を持て余し、

「青山さん！」

隣の部屋に駆け込んだ。

「颯人、審査通ってました！」

デスクでパソコンと向き合っていた青山は、いつもの穏やかで大人な面持ちで、

「そう」

すーんだった。

未羽はマラカスを鳴らすように両手を振りたくなる。この師弟そろって「当然」みたいな態度はなんだ。いやわかるけど。立派なことだけど。日本中の名店や一流ホテルに勤めるパティシエたちが若手からベテランまで応募する代表選考なのだから、もうちょっとあってもいいのではないか。

「もうっ！」

思わず声を出すと、青山がびくっとなった。

憤懣《ふんまん》やるかたなく廊下に出る。

——そういや漣《れん》くん、どうだったかな？

大広《おおひろ》漣。大手コンビニチェーンの御曹司《おんぞうし》にして、颯人のライバル。

――チョコレート《B》細工部門だったよね。

かつてテレビ番組で対決したときは颯人が勝利したが、チョコに関しては漣が上だと認めていた。普段はチャラいけど本当は真面目《まじめ》な努力家なのだと、未羽はもう知っている。

スマホで結果をスクロールしていたとき、ビデオ通話の着信が入った。漣だ。

テレパシーのようなタイミングと、いきなりビデオ通話を入れてくるコミュ力お化けでもある。

『未羽ちゃんごめーん！　いま大丈夫やった？』

「うん」

『あんな……一次審査、通ってん!!』

「ほんと!?　今まさに見ようとしてたとこだったんだよ！　おめでとー！」

『ありがとー！　いやーほっとしたわー』

「よかったー」

――そうそう、これじゃん。

未羽は心の中で深くうなずく。

彼には告られたことがある。丁重にお断りして颯人と付き合ったのだけど、それからも普通に連絡してくるのだった。

『最上くんも通ってたなー』

「うん。『そうか』とか言って、すーんとしてた」

『すーんて。浮かぶけど』

「二人は部門違うから、どっちも心置きなく祝えるよ」

アメ細工とチョコレート。

それぞれの部門から選ばれた一人ずつがペアを組み、日本代表となる。そして世界と競うのだ。

「二人が日本代表になったら、わたし的には熱いんだけど」

『せやなあ。まーゆうてもキャリアが上の強者《つわもの》ぞろいやから、一筋縄ではいかんなぁ』

言いつつ、画面に映る漣の表情にはしっかりと自信がにじんでいた。

『ところで未羽ちゃん、もうじきクリスマスやけど――』

『大広』

画面の外から、聞き覚えのある声がした。

漣が振り向き、驚く。

『葵《あおい》さん⁉　なんでおるん⁉』

『たっ、たまたま神戸に用事があっただけよ！　それよりあなた、ＷＰＴＣの一次審査に通ったようね。でもあくまで一次に過ぎないのだから、調子に乗っては駄目よ』

未羽の脳裏に、悠希から教えてもらった「悪役令嬢」というオタク用語が浮かぶ。姿は見えないが、漣の幼なじみである葵だろう。親会社の令嬢なので、漣は頭が上がらない。

過去の出来事により、葵は漣に好意を持ったが、漣は恨まれていると誤解している。葵も素直に表現できない、長年に渡りこじれている関係だった。

漣が困り顔で、画面越しの未羽を見てきた。

『ごめん未羽ちゃん、また今度……』

『えっ、有村さん？』

とたん、カメラの映像が大きく動き——人物が入れ替わる。

葵だ。

細い、顔が小さい、綺麗《きれい》。触ったら指が切れそう。画質の悪いフロントカメラでも、加工なしの素材の別格さが伝わってくる。

どうやら、漣からスマホを奪い取ったらしい。

『有村さん』

こちらを見た葵の表情がほころぶ。雪解けの花のよう。

『ええと、こんにちは』

「あ、うん、こんにちは」

間が生まれる。葵は明るい顔でいつつ、何を話そうか焦《あせ》っている雰囲気をにじませる。

「葵さん、元気?」

『ええ、おかげさまで。顔を見るのは久しぶりね』

ハロウィンパーティーの一件以来、なぜか葵に気に入られ、ときどき連絡を取るようになっている。しかし彼女は家柄からかSNSを使わず、手段はもっぱらメールだった。

再び会話の途切れる気配が生まれかけたとき、

『近々、家に遊びに来て』

「え?」

『遊びに行くって話、そのままだったでしょ。そうしましょう。ね?』

「あ――うん。じゃあ」

応えたとたん、葵が微笑《ほほえ》む。心から嬉しいとき反射的に出る類《たぐ》いの笑みだ。

女子でもきゅんとなるほどの可愛らしさで、これを漣に向ければいいのにと、未羽はちょっともどかしくなってしまった。

4

あれほどたくさんあったアドベントカレンダーのボックスも、あっというまに残り二日分となった。

未羽は自室で、一階から上ってくる夕飯の匂い（今日は酢豚らしい）を嗅《か》ぎながら、颯人のＬＩＮＥを見返す。

イブの約束だ。

都心のイルミを観《み》に行く。そのあとレストランで食事。

王道にして最強のコースだと思う。想像するだけで頭の中がキラキラとした光に埋め尽くされ、軽くトリップしてしまう。

しかもしかも。

アドベントカレンダーの『24』のボックスを見る。

『最後のイブには、当日使うものを入れてある』

——なんだろう？

ときめきが止まらない。

「まっ赤なおっはっなーのーっ」

つい歌など口ずさんでしまう。

体を揺らしながらノリノリでトナカイのくだりまで行く。いい気分になってきて、さらに動きがキレてきたとき――ドアの前で同じ動きをしている妹がいた。

……………。

完全に見られていた。

妹の翼《つばさ》は、にやりとしつつ言う。

「ごはん」

「……………うん」

この恥ずかしさといったら。


「「「まっ赤なおっはっなーのーっ」」」

有村家の女子三人が、これ見よがしに合唱する。

「………………」

未羽は酢豚の前でうつむきながら、顔をサンタ色にして試練《ディシプリン》に耐えていた。

「サアァァイレンナァァアーーイ・ホォオオウィナァァアーーーイ」

翼がオペラのごとき独唱に入り、

「主よ。浮かれたリア充に罰をお与えください」

姉の翔子《しょうこ》が両手を組んで祈る。

今や有村家における未羽はＴｗｉｔｔｅｒのセレブのごとく、たやすくクソリプがつく存在だった。

「……いただきます」

いつもはそんなことを言わない父が、わざわざ聞こえるよう口に出して米をもくもく食べだす。

それでようやく夕食が始まり、未羽は試練から解放された。

「そりゃ歌いたくもなるわなぁー」

気のせいだった。

言ったのは母の秋穂《あきほ》で、ヤンキー時代を彷彿《ほうふつ》とさせる声の調子だった。

年齢よりかなり若く見えるシャープな美人。そしてその遺伝子を濃く受け継いだ姉と妹。三匹の狐《きつね》に絡《から》まれた一匹の狸《たぬき》、そんな構図だった。

「イルミ行くんだっけ？」

秋穂が聞く。

「……うん」

「「いーーなー」」

翔子と翼が声をそろえる。

「それからディナー？」

「青山さんの知り合いの、カジュアルなレストランって言ってたけど……」

「やば。なにそのＤＫ」

翔子が本気で驚いたふうに、

「普通、高校男子がそんなセッティングできないよね、ママ？」

「そうだねー」

うなずき、自らの伴侶《はんりょ》を見る。

父は無言で漬物に箸《はし》をのばしつつ、気配を縮こまらせた。

「で。——そのあとは」

そこまで言って、母姉妹の顔が輝き、意味ありげに色めく。きゃっと声が出た。

末羽は一瞬戸惑い、意味するところに気づいて——かっ、と熱くなる。

「えっ？　えっ？」

「いや何言ってんの」

「イブだよ？」

「むしろ自然っていうか」

三人が恋バナ特有の楽しげなまなざしで言った。

「「「あるんじゃないの？」」」

……………。

血液が膨張したように顔がぱんぱんになる。目眩《めまい》がしそうなのに冴《さ》えている変な感覚。

カランッ、と音がして振り向くと、父が箸を落としていた。

犬のトラッキーも回った。


そして、ついにやってきた。

クリスマスイブの朝。

「…………」

未羽はアドベントカレンダーの最後――『24』のボックスをじっとみつめている。

しかしその表情は憮然《ぶぜん》と、物言いたげに曇っている。

「「「…………」」」

背後を、秋穂と翔子と翼が、熱く囲んでいた。

「ほら、開けなよ」

秋穂が神妙な面持ちで急《せ》かしてくる。

「当日使うものが入ってる……か」

「なんだろうね」

翔子と翼もまた、やたら真面目くさった顔でいた。

アドベントカレンダーのクライマックス。颯人が用意したイブのキーアイテムを開けるとき。

本来ならときめきで迎えるはずだったイベントは、後ろにいるインターネットが開通したての国民みたいなテンションの家族によって、すっかり別物になってしまっていた。

「未羽ねえ早く！」

「電車間に合わなくなるでしょ！」

「なんでわたし怒られてんの？」

とはいえ、いつまでもこうしているわけにもいかない。

未羽はため息をつき、ボックスの取っ手に指をかける。

「翔子ねえは何が入ってると思う？」

「指輪」

「やばい！」

聞いている未羽も胸が弾んだ。たしかに指輪だったら、たまらなくなるだろう。

「ママは？」

「エッチなやつだったりして」

「！　ちょっ」

「未羽、反応しすぎ」

秋穂に笑われた。翔子と翼もにやにやする。

「…………」

未羽はむくれつつ、わりあいあっさりボックスを開けた。

中に入っていたのは、黒い何か。

二つ折りにした半円形の、薄い布状のもの。

秋穂と翔子と翼がぐぐぐっと詰め寄り、圧がかかった。

「なになに？」

「何これ？」

ふれてみると、布ではなくつるつるとしたビニール素材だ。広げた両端にゴム紐《ひも》がついていて、先端がサイズ調整用のマジックテープになっている。

アイマスク、だった。

「…………」

直前のやりとりのせいで、つい、いかがわしい方向に印象が傾きそうになる。

「エッ」

翼が過敏に反応した。笑いのような形になった口を押さえる。

それによって、場の流れがそうなった。

「まさかの――」

翔子が冷やかす。

「そっ、そんなわけないじゃん！」

「………」

「ママ、気まずそうな小芝居やめて！」

「まあとにかく、帰ったら報告よろ」

「明日になったりして」

「あはっ。そっかー」

「もう!!」

ツッコミを入れ、あらためてアイマスクをみつめる。

――でも、何に使うんだろう……？

どきどきする。

その胸の高鳴りは楽しさによるものだけでなく、緊張の色合いが混じってきていることを、未羽は自覚した。

とにかく、二四日は浮き立つ日だ。

なんといっても、冬休みが始まる。

学校は終業式で、渡された通知表の数字に一喜一憂。みんなこれからの休日に思いを馳《は》せているせいか、教室の空気はふわふわ軽くて非日常だ。

未羽は颯人との予定を聞いてくるクラスメイトたちの追及をぎりぎりのバランスでいなしつつ、けれどそうしているうち心の中はだんだん盛り上がってくる。

そして家に帰り、デートに着ていく服や髪や諸々《もろもろ》の支度をして、ゆっくり進む時計を何度も見て、結局二〇分早く家を出た。

電車に乗っているとき、頭の中はキャンディーが詰まったような楽しさしかなかった。

待ち合わせのメトロの駅。普段通りの夕方の混雑に、今日ならではの彩りがちらほら混じる改札口で——すぐに馴染《なじ》んだシルエットをみつけることができた。

彼もまた改札を出る人の流れを見ていたから、ぱっと目が合う。

全身のスイッチが入る音がした。

イブが始まる。

5

未羽は逸《はや》る気持ちで駆け寄ろうとして、髪と服が乱れるからと我慢、歩いて彼のもとへ。

「お待たせっ」

「ああ」

彼の顔を間近で見た瞬間――それまでずっと忘れていたある言葉が、そういうからくりだったようにリフレインした。


あるんじゃないの？


発火した。

未羽は反射的に両手で頬を押さえる。

「どうした？」

「うっ、ううん！　大丈夫」

顔は赤くなっていないらしい。

どきどきしながらバッグの中に入れたアイマスクのことを意識し、その意味合いを勝手に染めてしまい、抱えきれないほどに膨れ上がる。

「あのさ――あっ、やっぱなんでもない」

えへへと笑ってごまかす。

するとと颯人が目を伏せ、未羽の挙動不審を指摘することもなく、躊躇《ためら》う溜《た》めを置く。

そして。

「……そのコート、似合ってる」

「へっ？　ありがと」

着てきたコートを見る。この日のためにとっておいた新しいやつだ。

「颯人もマフラーきまってるねっ」

両手でビッと指さす。完全におかしなテンションになってしまっていた。

「……じゃあ行くか」

「おう！」


イルミは素敵だった。

料理はおいしかった。

間違いなく現時点で人生最高のイブであるはずなのに、そんな未就学児みたいな感想しか言えない。他のことがうまく頭の中に入ってこない。

気づけばレストランを出て、洒落《しやれ》た飲み屋の連なる小径《こみち》を歩いていた。

「……未羽」

「おいしかったね！」

彼の声に脊髄《せきずい》反射で返す。何を食べたかは思い出せない。

「素敵な店だった」

オートモードのようにしゃべっている自分がいた。

夜の八時過ぎ。人通りは驚くほどなく、いつもは大人たちで賑《にぎ》わっているだろう飲み屋も閑散としている。

イブのこの時間、人々はそれぞれの然《しか》るべき場所にいるのだろう。

「未羽」

颯人がもう一度呼びかけてきた。そのちょっと改まった響きに、未羽は振り向く。

「このあと、俺の家にこないか」

瞬《まばた》きした自分の睫毛《まつげ》が当たる感触がした。

息が止まり、肋骨《ろっこつ》の奥が騒々しく膨れ上がる。

颯人は堂々とこちらをみつめたまま、返事を待っていた。

未羽はうつむき、冬の夜に似たしんとした表情になる。

沸騰《ふっとう》寸前だった心がたちまち静まり、澄み渡る。さっきまであわてていたのが馬鹿馬鹿《ばかばか》しく思えるくらいに。

「……うん」

いつのまにか凍《い》てつく寒さがやわらぎ、あたりは妙なあたたかさを帯びている。

雪が降るかもしれないと思った。


玄関のドアが閉まる金属音が、未羽の耳に深く響く。

ぱちんと颯人がつけたライトで、2LDKの細い廊下が浮き上がった。

「懐《なつ》かしい」

未羽はあれからぶりの声を出した。震えてしまうのではないかと心配したが、普通だったのでほっとした。

「そうか、まだ二回目か」

颯人が意外そうに言い、

「俺が寝込んだときだ」

「そうそう」

高熱で伏せっていた彼を看病した。

付き合うようになってからも、来たことがない。颯人が有村家を訪問するのが常だった。母たちからのプレッシャーもあるが、なんとなくの偏《かたよ》りが生まれていた。未羽が彼のプライベートに踏み込まないようにしていた部分もあるかもしれない。

「お邪魔します」

靴を脱いで、上がった。

彼に続いて廊下を進みながら、ドアの配置など、こんなだったと思い出す。

父との二人暮らしだが、父の蔵人《くろうど》はドバイに単身赴任中で半年に一度しか帰ってこない。だから漂う気配はほとんど颯人のものだけと感じた。

彼の部屋を通り過ぎ、リビングへ。

颯人の背中は緊張のかけらもない。すっかり意志を固めているのだろう。

「そこに」

颯人がソファを指す。

「う、うん」

「コーヒーと紅茶、どっちがいい？」

「コー」

ヒーと言おうとして、においが口に残ってしまうと気づく。

「……紅茶で、お願いします」

「わかった」

彼がポットに水を入れ、火にかける。

と、いきなりこっちに向かってきて、未羽はびくりとなった。

「コート」

ハンガーを手に取り、渡すよう言ってくる。

「あ……うん」

それぞれのコートを壁に掛けた。

そして、いつも店で見せている優雅な手さばきで紅茶を淹《い》れた。

二つのカップとふたりが、隣に並ぶ。

彼の重さで深く沈んだソファ。

どきどきと、心臓がまた存在を主張してきた。

「未羽」

振り向くと、みつめるまなざしと合う。

「カレンダーの中にあったものは、持ってきたか？」

ここで。

「うん、ええと……」

彼から目をそらすようにバッグを引き寄せ、慌《あわ》ただしく開ける。

「……これ、だよね？」

アイマスクを見せると彼はわずかにうなずき、おもむろに言った。

「着けてくれ」

…………。

なんで、なんて聞かない。

「………うん」

未羽は部屋に来るまでに固めた覚悟をまた奮い立たせ、アイマスクを装着する。真っ暗で、何も見えなくなった。

ソファが反発して揺らぐ。颯人が立ち上がったようだ。

胸が痛いくらいにきゅうっ、となる。

全身をこわばらせ、これから始まるだろうことを受け入れようと備えつつ、めまぐるしく思考する。

――颯人ってマニアック？

いや案外そういうものなの？　ちょっと待って、シャワーとか浴びなくていい？　大丈夫？　でも今さらこのタイミングで言い出せない。

「外していいぞ」

えっ？

想定外の言葉に、未羽の脳が一瞬止まる。

「………いいの？」

「ああ」

どういうことだろう。戸惑い、そして自分が何かまずかったのだろうかと不安に駆られながら、マスクを外した。と――

目の前に、絢爛《けんらん》豪華なホールケーキが置かれていた。

サンタ、トナカイ、クリスマスのモチーフが精巧な飴細工とカットフルーツによって表現されている。一流ホテルにも用意できないだろうコンクールレベルの技巧と手間がかけられた、作品と称すべきケーキだった。

リビングの照明が消されていて、キャンドルだけが灯《とも》っている。幻想的で、ムードたっぷりだった。

「メリークリスマス」

颯人が言った。

そのドヤ顔を見て――未羽はようやく事態を把握した。

サプライズ。

このケーキこそが今宵《こよい》のメインであり、ドラマチックに登場させるのが彼の狙《ねら》い。

アイマスクの意味。本命のクリスマスプレゼント。そこまでわかって、きちんと理解した上で未羽は――

「も―――――――――!!」

キレた。

颯人が、ビクッとなった。

「まぎらわしいよッ!!」

彼はぜんぜんわかっていないらしく、珍しいほど動揺している。それがなんだかもう余計にむかつく。

「わたし、めちゃめちゃ覚悟して来たんだよ⁉」

そこまで言って、颯人がようやくはっとなった。片手で口を押さえる。キャンドルライトの中でも、紅潮したのがはっきりわかった。

「……すまん」

「返して！　わたしのどきどき！」

「………悪かった」

まっ赤になりながらキレる未羽と、同じ色で平謝りする颯人。

そこからは特に何も起こらず、初めてのクリスマスは終了したのだった。

アドベントカレンダー

アドベントは、ラテン語の「到来」が語源。

クリスマスの訪れを待つものとして、ドイツのルター派が

19世紀に始めたとされる。

当初は日が進むごとに宗教画を並べたり、チョークの印を消していく

というものだったが、ある母親が現在のひな形を作った。

彼女は息子のために日付を書いた24個の箱を用意し、1日ごと中に入れた

キャンディーを食べさせた。

成長した息子ゲルハルト・ラングは、その思い出をもとに

アドベントカレンダーを販売。世界に広まった。

クリスマスの季節『ショップディズニー』などでお求めになれる。

deux
ミゼラブル

1

冬の恋人たちは忙しい。

イブの一週間後には、初詣《はつもうで》だ。

先週とは違う駅の改札で颯人と合流した。

「お待たせ」

「あらためて、あけましておめでとう」

とっくに電話で交わしたけれど、それはそれだ。

「あけましておめでとう」

颯人も返してくる。

「じゃあいこっか。どっち？」

「こっちだ」

出口へ向けて歩きだす。

「二回初詣するって、人生初だよ」

未羽は言う。大晦日《おおみそか》と元日は例年通り、隣の県にある母の実家で過ごした。付き合って最初の正月なのだから、一緒に初詣はぜったい行きたい。しかし従兄弟《いとこ》と会うのも捨てがたいし、おじいちゃんとおばあちゃんがしゅんとなってしまう。

というわけで、元旦《がんたん》は集まった親戚《しんせき》たちと楽しく初詣をして、彼氏ができた報告をしたり、大富豪をしたり、従兄弟と遊びながら悠希のことをふと思い出したりした。

そして明けた本日、颯人との初詣を迎えたのだった。

「大晦日のカウントダウンもやりたいね」

未羽は言う。

「神社の階段に並んで、あったかいものを飲みながら除夜の鐘聴いてさ……ディズニー的な派手なやつもいいいね！」

想像を膨らませていると、

「いいかもしれないな」

颯人がすんなりと同意する。

「いずれやろう」

その言葉が嬉《うれ》しい。自分たちには来年もそのまた来年もあるのだと、彼はそのつもりでいるのだとたしかめることができて、未羽は新年早々幸福感でいっぱいになった。

「うん。えへへ」

笑みがこぼれてしまう。

「………」

それを見ていた颯人が、無言でほっぺをつまんできた。

「ちょっ、なに？」

「なんとなく」

「やめてよー」

じゃれあいながら広い横断歩道を渡る。

渡った先に、神社があった。境内への長い石段が行列で埋まっている。さらに道路へはみ出て、スタッフが最後尾の看板を掲げていた。

「三日でもいっぱい並んでるね」

パワースポットとして名高い神社だった。デートを兼ねて足を伸ばしたのである。

「悠希の家がさ、隣の駅なんだ」

「そうなのか」

「教えてくれたのも悠希で。ばったり会ったらウケるね」

まあないだろうと思いつつ、最後尾に並ぶ。颯人のイケメンぶりが視線を集めるのはいつものことだ。

列は思ったよりさくさく進んでいき、話していると体感時間としてはあっというまに境内に至った。

主殿以外にいくつか別の神様を祀《まつ》った社があり、それを所定の順で巡っていくコースがパワースポットの情報サイトでは推奨されていた。最大の御利益《ごりやく》が得られるのだと。

「回る？」

颯人はあまり興味がないだろうなと思いつつ聞くと、案の定だった。だがこちらの表情を読んだらしく、

「ああ」

「無理しなくても」

「回りたいんだろ？」

「うん」

颯人はそれ以上の問答をせず、縮んだ列に合わせて前に進む。

大きな賽銭箱《さいせんばこ》があるおなじみの体裁をした主殿で参拝をすませ、右向こうにある木々の深いところへ向かう。

コ型になった細い順路に、人が一列で並んでいる。鎮守の枝葉が茂る奥に小さな祠《ほこら》が祀られていた。灯《とも》された対の蠟燭《ろうそく》が、森の暗がりをほんのり照らしている。

「なんとなく、いい気配がする」

意外にも颯人がそんなことをつぶやく。

「えっ、そういうの感じる側？」

「そういうわけではないが……」

応《こた》えながら、なんだろうというふうに中空にまなざしを置く。

「これは御利益がありそうだね」

ガチっぽい反応に、未羽の期待は膨らんだ。

それからパワースポットの参拝コースをすべて巡っていった。

目を瞑って手を合わせると、それだけで心が静かになって洗われる感じがする。

未羽は颯人との仲が続くようにと、家族親戚の健康を願った。

「颯人は、なに願ったの？」

最後の場所を離れながら聞く。

「わたしはね、家族親戚の健康と、颯人とずっと仲良くできるようにって」

正直に言って、はにかむ。すると颯人がこちらを見て、また前を向く。

「……俺もまあ、似たようなものだ」

「おっ、かっわいー」

軽く体をぶつける。あの冷酷王子がずいぶんと丸くなったものだ。

「コンクールの優勝とかは？」

「神頼みなどしない。自分の力を出すのみだ」

「あっ、ハイ」

そこはあいかわらずだった。

「そういえば、未羽はどうするんだ？」

「どうって？」

「進路。どこの大学受けるとか、考えてるのか」

「…………」

おとそ気分が吹き飛び、現実に返った。

そう。今年、高校三年になる。進路を決める時が来ていた。

「……実は、まだ」

特に行きたい大学や学科もない。

「まあ大学だけど。これから成績と相談しながら見てこうかなって」

それはいたって普通のことだと思う。

「そうか」

颯人もそういうリアクションで、話題は終わった。

けれど、どうしてだろう。

「駅前で茶でも飲むか」

「うん」

歩きだした彼の隣に――さっきまでのように並べない自分に気づいた。

少し後ろから、彼の背中を見る格好になってしまっている。

颯人の姿に迷いはない。静かだけど空気を割っていくような力強さがある。すでに決めた道を、世界一という高く眩《まぶ》しい目標に向け、これ以上ない勢いで突き進んでいる。

未羽の胸の中で少しずつ育っていた種子が今、殻を破って芽吹く。

それは、焦《あせ》りという名だった。

自分はこのままでいいのだろうか、と。


「おみくじ引いてく？」

引かないキャラだろうなと思いつつ颯人に聞くと、

「……引くか」

「お、意外」

「たまにはな」

「やっぱ基本引かないんだ。わたしも昨日、吉だったからリベンジしよっかなー」

「吉は、大吉の次にいい結果だぞ」

「えっ!?」

「大吉、吉、中吉、小吉の順だ。誤解されがちだがな」

「えー今日までずっと逆だと思ってた」

「諸説はある」

「どっちだよー」

　などと話しつつ、主殿の前まで戻ってきた。

　石畳の参道には、まだまだ人が並んでいる。なんとなしに見ていたとき、茅《ち》の輪《わ》の手前に——よく知る顔があった。

「悠希！」

　未羽は呼んだ。ちょうど噂《うわさ》にしたあとだったから、そのシンクロに気分が上がる。

　悠希が反応し、こちらを向く。

　未羽は笑顔で手を振った。だが。

　悠希の表情が引きつった。まるで雷を含む雨雲のような印象。

　いま会いたくなかった——そう書いてあった。

　未羽は面食らい、周囲に理由を探す。

　悠希の前には、おばさんがいる。おのずとそこに固まっているのが親族だとわかる。たぶん一〇人くらい。

　中でもいっとう背の高い若い男性を、未羽は知っていた。

ひと目でやさしさと話しやすい雰囲気が伝わる、柔和な顔。

こう兄。

——っ。

一瞬後、ひゅッと息を呑《の》む。

すべてを理解した。

「まあ、未羽ちゃん」

おばさんがこちらに気づく。

もう引き下がれない。未羽は無理やり笑みを貼《は》りつけて、歩み寄った。

「どうもー、あけましておめでとうございます」

「おめでとー。すごい偶然ね。毎年ここなの？」

「いえ……」

「私が教えたんだよ」

と悠希。

「とはいえ、びっくり！」

ノリがいつもと違う。声の張りと、きびきびした表情。未羽が戸惑っていると、

「悠希の友達？」

こう兄が、悠希に軽く話しかける。

彼の隣には、同年代の女性がいた。

細くて小さくて、教養が高そう。

その左手にある指輪が、未羽の目に焼き付く。

終わってしまっていた。

あらゆる片想《かたおも》いがそうであるように、想う側がまったくあずかり知らないところですべて終わってしまっていたのだ。

「そう！」

悠希が知らない仮面で答える。

「親友の未羽。あっ未羽、この人は従兄弟のこう兄」

「よろしく。悠希がいつもお世話になってます」

「いえ、こちらこそ……」

「で、あそこにいるのが未羽の超イケメン彼氏っ」

番組のＭＣみたいに場を回す。彼の前ではいつもこうだったのだろう。陽気でノリのいいオタク女子。

今その内側にある心を思って、未羽はたまらなく胸が痛んだ。

2

「颯人くん、あれはダメだよ」

翔子がダメ出しする。

「………………」

颯人はソファに座り、じっと目を伏せていた。

有村家のリビングで、当家女子三人主催による最上颯人の「イブ反省会」が開かれていた。

「イブの夜に『俺の家に来い』って言われたら、考えることは一つじゃないですか。違いますか？」

中二の翼にすら説教される。

「女の子に恥かかせたらダメじゃん」

秋穂が諭す。

近頃は有村家も颯人の存在に慣れ、すっかり遠慮がなくなっていた。

「……でもまあ、高校の頃はそんなもんだよ」

父が珍しく擁護したが、三人に睨《にら》まれ、またトラッキーの相手に戻った。

「何か反論はありますか」

翔子が裁判官のように聞くと、

「……いえ」

颯人がしおらしく答えた。有村家を訪れたときの彼は、妙に素直ないい子になる。

学校の誰かが見たら、きっと驚くだろう。父の蔵人だって知らない顔かもしれない。

未羽はダイニングのイスから、その様子をぼんやり眺めていた。

悠希のことが頭から離れない。

今頃どうしているだろう。

参拝のあと食事でもして、どこかで親族と遊んでいるだろうか。とっくに家に戻ってまったりしているかもしれない。

その間ずっとああして振る舞っているのだろうか。

何年も想い続けてきた人と、その結婚相手を前に、絵文字みたいな笑顔でおどけているのだろうか。

そのとき、はっと――予感が閃《ひらめ》く。

刹那《せつな》遅れて、スマホの画面が着信を表示した。

【悠希】

未羽は立ち上がりざまにスマホを取り、廊下に出た。

「悠希」

『ごめん、大丈夫だった？』

明るい声。さっきの仮面をちょっと引きずっている温度。

スピーカー越しに、車が通り過ぎるような途切れ途切れのノイズが聞こえた。

「外？」

『うん、ちょっと出てきた。今もう家なんだけどね、大人たちの話にも、ちっちゃい子の遊びにも入れなくてさ』

返す言葉がやや多くて、早口だ。

未羽はあえて、そのチャンネルに合わせなかった。真摯《しんし》に、単刀直入に聞く。

「大丈夫？」

少しの間が流れた。

『いやまあ、さすがにショックだったけど』

悠希が言う。

『彼女がいるのは聞いてたんだ。それこそ表参道のときにも。でもこう兄まだ二四だし、今まで何人もいたし、まだないって思うじゃない。それがさ。びっくりだよ。ほんと。でもしょうがないよね。希美さん、あ、相手ね？　綺麗《きれい》だし、いい人だし、大人だし』

止まらない平気を装《よそお》った声の裏に隠された暗号を、未羽は正しく読み解いた。

『ピアノの先生やってるんだよ。いいよね、ピアノの先生』

ＳＯＳ
「行くね」

それだけ言って、未羽はリビングに戻り、コートを羽織る。

「友達のとこ行ってくる！」

返事も待たずに飛び出した。

冷たい空気を頬に受けながら、息を白くして、走った。

＊＊＊

控えめに言って、難しい子供だった。

幼い頃の私は、何かにつけてこだわりが強烈で、それを妨げられると手がつけられないくらい泣いたり暴れたりした。当然保育園でもなじめず、両親をはじめまわりの大人たちをほとほと困らせた。

らしい。

正直に言うと、ほとんど記憶にない。

『悠希は大丈夫か』

けれど、伯父さんがパパに深刻に言ったその声は、くっきり耳に残っている。

いや、それだけじゃないか。

誰とも遊ばず独りでいたこと、当時の自分を覆《おお》う薄暗くてとげとげした気分は、断片的な映像や感触として浮かべることができる。

では、私の幼少期がどん底の暗黒時代だったかと問われれば、断じて否《いな》だ。

こう兄が好き。という宝物があったから。

「悠希、肩車してやろうか」

七つ上のこう兄は、背が高くてかっこよかった。

いつもにこにこしていて、やさしくて、同じ遊びに何度でも付き合ってくれた。

気がつくとこう兄のことが好きで、それは幼いゆえの本能みたいな理由のない恋で、私はまだ一七だけど、もう人生で二度と手に入らないものだということは知っている。

「よーし、しゅっぱーつ！」

「きゃー！」

近所の、家が建つ前の空き地を肩車されて歩く。

爆発してしまうんじゃないかというくらい楽しくて、気持ちよかった。

家三軒分の広さが無限に思えて、こう兄の肩から見える世界は高く、弾んで、このまま飛んでいけそうな気がした。

マンガを描くことに目覚めた。

きっかけは間違いなく、こう兄が褒めてくれたからだ。

「悠希、すごいな！」

なんとなく描いた他愛《たわい》もない四コママンガを、絶賛してくれた。

「続きはどうなるんだ？　先生、次回作は？」

続きをせがまれたことが嬉しすぎて、私はその日はもちろん、こう兄が帰ってからも毎日描くようになった。

最初に見せたのが別の人だったら。変とかつまらないとか言われていたら。私は二度と描かなくなっていただろう。

無地のノートに鉛筆で描いた。こう兄が来たときに読んでもらおうと。ノートがどんどん増えていった。

こう兄はいつもきちんと読んでくれて、面白いと言ってくれて。

「悠希は将来、マンガ家だな」

そうか。私はマンガ家になるんだ。

運命を告げられた気がした。

どこまでも飛んでいけそうだった。

こう兄は車が好きだった。

「バイトで金貯《た》めて、中古のカマロ買うんだ」

アメリカの車らしい。スマホで見せてもらうと、前の部分が尖《とが》っていて、いかにもスピードが出そうだった。

バイト。車。自分のスマホ。

小学生の私にとって、こう兄はずっとずっと上。知らない世界を見ているお兄ちゃんだ。

早く大人になりたかった。

一〇年経《た》てば歳《とし》の差もまあまあアリになるじゃんとか、そんなことをよく考えていた。

やっと中学に上がって、自分用のスマホを手に入れた。

制服も成長の証《あかし》で嬉しい。こう兄に見てほしいな、写真送ろうかな、なんてうかれていた直後――事件が発覚した。

ママが、私のマンガを捨ててしまったのだ。

小学二年から描き続けてきたノートを、全部。

私は烈火のごとく怒って、そのまま家出した。二度と戻らないという気持ちだった。

ママは好きだけど、この件に関しては今も許してはいない。

とにかく、取るものも取りあえず飛び出したのだ。

夕方になると心細くなってきて、小学時代に仲良しだった子に電話しようとしたけど、中学が別れて距離が微妙になってしまっていたからやめた。

しかも理由が「描いてたマンガを捨てられたから」だと言うのは恥ずかしかった。内心どう思われるだろうと。

この怒りと悲しみを安心して伝えられる相手は、たった一人しか浮かばなかった。

私は入学にかこつけて通話したその履歴を、タップした。

『おー悠希、どうした？』

いつものやさしい声に迎えられて、私は心底ほっとしてしまって、涙がこみ上げた。

「こう兄、聞いてよぉっ」

泣きながら怒りと悲しみと理不尽さを訴えた。もうだいぶん救われていたのだけど、甘えたかった。こう兄にかわいそうだと思ってほしくて、ボロボロに泣いた。

こう兄は真剣にやさしく受けとめてくれて、こう言った。

『待ってろ』

そして二時間あまりして、車で駆けつけてくれた。

いつかスマホで見たものと同じ、中古のカマロで。

「悠希、ドライブ行こう」

暮れかけの藍色《あいいろ》を貫くヘッドライト。ぴかぴかの低い車体、野性的なエンジン音、昔の映画から出てきたかのよう。

助手席のドアを開け、びっくりしている私をお姫様みたいに乗せてくれた。車内はほんのり煙草《たばこ》のにおいがしたけど、こう兄の煙草は甘くて苦くて不思議と落ち着いた。

こう兄が運転席に座ってスムーズに発進する。ハンドルを軽やかに操る横顔がかっこよくて、本当に王子様に見えた。

「どこに行くの？」

「眺めのいいところ」

「車、すごいね。音とか」

「燃費すげー悪くてさ。マフラーから一〇〇円玉チャリンチャリン吐き出してる感じだよ」

大学生になったこう兄は、笑うと目尻《めじり》に深い皺《しわ》が浮かぶようになった。ドライブしながらたくさん話した。何を話したかはぜんぜん記憶にないけど、とても楽しかったことは覚えている。

何よりも、鮮やかな夜景が。

「ほら、悠希」

こう兄の声とともに、フロントガラスに見えてきた。

夜に輝くレインボーブリッジ。

白金《プラチナ》にライトアップされた主塔が空に堂々たるアーチを描き、そこから吊《つ》り下がるケーブルの曲線はまるでおとぎ話や結婚式に出てくる通り道のようにロマンチックで、とんでもなく迫力があった。

車が橋を渡りだすと、一面には黒い海と宝石箱みたいにきらきらとしたビルやマンションン。ああこれがお台場かなんてのもあって……。

中学生になったばかりの私には、ひたすらに感動的だった。

自分がヒロインだと思えた瞬間。黄金の時間だった。

「またマンガ、読ませてくれよ」

「――うん」

車で二時間かけて来てくれた。大事に思われていることがわかって、ときめいた。

夜のレインボーブリッジを駆け抜ける。飛べるとまでは言わないけれど、どこまでも行けそうな気がした。


『行くね』

それだけ言って、私の親友は通話を切った。

そうか、来てくれるのか。

じんと心が温まる。実に頼もしい。

私は出てきた家のドアを振り返る。

居間は賑《にぎ》わっているだろう。親戚の大人たちが、こう兄と希美さんを囲んでこれからのことを楽しそうに話している。式はどうしようとか。

こう兄は大人の仲間入りというちょっとだけ改まった態度で受け答え、希美さんはよそ行きの愛想の良さで笑っているだろう。

戻りたくない。

私はあてどなく歩きだす。

一七年見てきた住宅地には、まったく人がいない。みんな出かけているか、家の中か。小さい頃は注連飾《しめかざ》りをつけている家も半分くらいはあったが、今はすっかりなくなった。もっと昔は車のナンバープレートにもつけていたらしい。

なんだそれ。想像してにやける。

「悠希」

声に振り向くと——こう兄が立っていた。

「……どうしたの？」

びっくりして尋ねると、こう兄は穏やかな笑みを浮かべたまま、

「なんかあったのかなって」

さりげなく出ていった私のなにがしかの気配を感じたのだろう。いつもそうだ。細や

かに見守ってくれていて、照れもためらいもなく手を差し出す。

　でもそれは逆に言うと、私は完全に保護対象でしかないということ。

「友達と電話してただけ」

「そか。うるさかったもんな」

　そんなことはとっくにわかっている。

「寒いだろ。中に戻るか？」

「もうすぐ来るって。そのまま一緒に出かけるかも」

　すると、うんわかるぞ、というようなずきをする。

「オレも家の方ではそんなんだよ。ちょっと歩くか」

「え？」

　言って、先に歩きだす。戸惑いながら続くと、こう兄がポケットから煙草を取り出し、くわえた。カチッと火をつけ、燻《くゆ》らす。

「久しぶりに見た」

「たまにしか吸わなくなったからなー」

「吸いたくなったの？」

「ああ」

　歩きながら根元を吸い、口を離して、遠くを見るような目をして煙を吐く。

「悠希、煙大丈夫か？」

「平気」

むしろ好きだ。

こう兄の煙草のにおいは落ち着く。挟む指が色っぽいし、吐くときの安らいだ顔も癒《い》やされる。

「でももう、やめないと」

「なんで？」

「子供とか生まれるだろ。そのへん考えて」

「……たしかに」

胸がずきりと痛む。

「高いし肩身狭いし、いいことないよ」

これからの生活を考え、本当の意味で大人になっていこうとしている姿にどんどんつらくなりながら、でも私は、にやりとしてこんなことを言う。

「じゃあそれ、最後の一本にしなよ」

こう兄は瞬《まばた》きし、頭ひとつ分低い私を見下ろす。それから指先の煙草に目を移し、

「そうすっか」

目尻に皺を寄せた。

やめてほしくない。そんな理由で。

「そうしな」

裏腹が止まらない。

こう兄は味わうように煙をひとつ吸い、

「全部、家になったなー」

右側の軒の並びを煙草で指す。

「ここだろ？　遊んだ空き地」

「そう」

「よく肩車してやったなぁ。覚えてるか？」

「覚えてるよ」

「そか」

またひとつ吸う。甘く苦いにおいが冷たい空気に流れていく。

「ドライブしたよな。悠希が家出したとき」

「……どうしたの？」

「ん？」

「急に思い出、話すじゃん」

「だな。ちょっと感慨入ってんのかな」

何についての感慨？　ささいな言葉の意味が突き刺さってしまう。

「大学の講義中、悠希から電話かかってきて」

「あれ講義中だったの？」

「ああ」

「だめじゃん」

ツッコむと、やんちゃな大学生の顔が浮かんだ。

「急いで家帰って、高速飛ばして」

「マフラーから一〇〇円玉チャリンチャリン出して？」

「そうそう。まー高速は意外と減らないんだけどな」

私はちょっと呆《あき》れたふりをしながら、胸の奥をきゅんと疼《うず》かせていた。

講義を途中で抜けて、私のために急いで駆けつけてくれたのだと。

「……レインボーブリッジ、綺麗だった」

白金のライトアップ、ビルやマンションが宝箱のように煌《きら》めいていたお台場の夜景。

ふいに――これが最後のチャンスだ、という気づきが湧《わ》き上がった。

こう兄の結婚間際《まぎわ》の正月。ふたりきりで近所を歩きながら、ささやかな思い出話を咲かせている。

告げるには最後で、ある意味においては最高のタイミングではないだろうか。

思ったとたん、熱くこみ上げてくる。堪えようとしたけど、無理。出てしまう。

「……………こう兄、」

「マンガ、また読ませてくれよ」

瞬間――吹きこぼれようとした感情が凍った。

「悠希はマンガ家になるんだもんな。新作待ってますよ？　先生」

私は黙って目を伏せ、ぶら下がる右手を見た。

高一の夏休みだった。

本格的にマンガを描こう、と決めた。

短期のバイトで液タブを買い、ネットで好きなマンガ家が使っているツールなど情報をかき集め、今の自分にできるベストの環境を構築した。

そしてはりきって、三六ページの原稿に取りかかったのである。

いきなり結論を言ってしまうと、完成させることができなかった。

話《ネーム》はできた。下描きまでは行けた。

けれど、そこまでだった。

すべてのページにペン入れをし、背景、ベタ、トーンといった仕上げまで私は辿《たど》り着くことができなかった。

やむを得なかった事情なんてない。ただ単に、気力がもたなかったのだ。

夏休みの終わり、私は自分の限界を知った。

幼い頃から煌々《こうこう》と燃えていた情熱。無垢《むく》に抱いていたマンガ家になるという夢。それらは他の誰にも見取られることなく、あっけなく消えた。

才能とはモチベーションである、という言葉を後に知った。至言だと思う。

作品を完成させるという壁の高さを、私は越えることができなかった。

幼い頃にあった荒ぶる心も年齢とともに落ち着き、気づくと私は、どこにでもいる量産型の隠れオタクになっていた。

「…………」

まだ塞《ふさ》がりきっていない傷の痛みに、私は奥歯をかむ。

様子に気づき、こう兄が「悠希？」と聞いてきた。

私は、こう兄を見上げる。

ああまた高い。そう思ってへたりとした苦笑いを浮かべ、私は彼に告げた。

「とっくに諦《あきら》めたよ」

こう兄は驚き、それからわかりやすく「なんと言っていいかわからない」という反応をした。

もっと年配なら「なんでやめたんだ？」などと踏み込んでくるかもしれない。けれど近い世代だから、こういうデリケートそうな部分は空気を読んでふれてこない。そういう機微も昔と違って見えるようになった。七つ上のお兄ちゃんは、同じ限界のある人間なのだと。

「……大学、どのへん受けるか決めたか？」

「これから」

「まあ、だよな」

こう兄は短くなった煙草を深く吸い、ポケットから携帯灰皿を取り出す。

そして、最後の煙草を消した。

「戻るか」

「私はここで友達待つよ」

こう兄はうなずき、踵《きびす》を返す。と、振り向いてきて、

「なんかあったら、いつでも電話しろよ」

ずっと見てきた笑顔で言う。

「すぐ駆けつけるから」

「うん」

でも乗ってくる車は、あの日の燃費の悪いカマロじゃない。

こう兄が家に戻っていく。

遠ざかるうしろすがたを保存するように見送りながら、思う。

もしまた夜のレインボーブリッジをドライブしても、肩車に乗っても、今の私はどこまでも行けるだなんて、感じないのだろうと。

3

「ごめん！　いろいろ買ってたら遅くなった」

末羽が謝ると、悠希が笑顔で迎える。妙にすっきりと、からりとした雰囲気だった。

「何それ？」

悠希が、手元を見る。

末羽が提げているのは、箱を入れたナイロン袋。そこに別の買い物袋も突っ込み、くしゃくしゃに膨らんでいる。

「デパ地下って、二日から開いてるんだね。百均もやってて助かった」

と言いつつ、中を広げる。白いケーキ箱が覗《のぞ》いた。

「一緒に食べよ」

にこりと言う。

悲しいときはケーキを食べる。それが末羽の流儀だ。もちろん悠希だって知っている。

「そのへんで食べれるようにフォークとかウェットティッシュも買ったの。あと皿？」

ごそごそと開陳する末羽に、悠希が少し面食らう。

「外で食べるの？」

「だめ？」

「だめじゃないけど……寒くない？」

「寒い。たしかに寒いよ。でもね」

未羽にはひとつ、秘めたるアイデアがあった。

「このケーキは寒さに震えながら食べるのが乙だと思う」

「どういうこと？」

「へへ。お楽しみということで」


他に使い途《みち》がなかったのだろうか。

住宅街には時折、ベンチをひとつふたつ置いただけの、公園とは呼べない猫の額ほどのスペースがある。

誰がいつ使うのだろうと首を傾《かし》げるそのベンチを今、二人の女子高生が利用していた。

「こう兄さんの研修だったんだ」

「そう。そのとき会ったのが、あの表参道」

「あれ九月だったし、そのとき、えと……結婚のこと聞いたりしなかったの？」

「実は聞いてたらしい」

「えっ⁉」

　跳ね上げた声が家の壁に反響し、未羽は口を押さえる。

「……じゃあ、知ってたの？」

「それがね」

　悠希が口の端を苦そうに持ち上げ、

「ぜんぜん記憶にないの」

「……え？」

「こう兄は、そうなりそう的なことは伝えたって言うんだけど。わりと具体的なタイミングを言われても、さっぱり思い出せなくて。頭の中にない」

　茫然《ぼうぜん》とする未羽に、悠希が振り向き、

「やばいでしょ」

「やばいね。人間やばい」

「ケーキ食べさせてよ」

「食べますか」

　未羽はテンポを合わせ、箱をベンチに置いて開ける。ケーキ箱特有の甘い匂《にお》い。中からココアが香った。

　百均で買った紙皿に載せ、プラスチックのフォークを悠希に差し出す。

それは褐色の薄いスポンジと黄色いクリームを段重ねにした四角いケーキだった。

「……ミルフィーユ？」

「残念」

悠希は皿を持ち上げて断面を確かめたりしたが、ほどなく置いて両手をこすり合わせ指を温めた。

冬の午後。息が白くなるほどではないが、座ったままでいると寒さがこたえてくる。

「教えてよ。なんでこれ、このシチュで食べるのが乙なの？」

未羽は承知と、自分のケーキを悠希に向ける。

「このケーキの名前、『ミゼラブル』っていうの」

「ミゼラブル？」

「『レ・ミゼラブル』とかのミゼラブル。意味知ってる？」

「いえ。どういう意味？」

未羽はいたずらっぽく笑み、

「『悲惨』」

悠希が瞬きする。

手元のケーキを見下ろし、そしてまた戻してきた。

未羽はさっきよりもまなざしを深くして、そっと白い歯をのぞかせた。

悠希は瞑目《めいもく》し、おかしそうに肩を揺らす。そして、美羽の腕をぱしっと叩《たた》いた。

二人の笑い声が、猫の額に響いた。

「たしかに、ぴったりだわ」

悠希はフォークを突き刺し、乱暴に切り取ったミゼラブルを口に入れた。

「美味《おい》しい。むかつく」

もさもさと食べながら。

「悲惨だ」

宿題忘れた、くらいの声の調子《トーン》で。

未羽は笑顔で相づちを打ちながら、コンビニで買ってきた午後ティーを手渡す。

悠希はありがたそうに受け取り、ちょうどよい温《ぬる》さになったそれをくーっと飲んだ。

「うー、あったまるっ」

言った息が、ほのかに白くなった。

未羽も紅茶を飲む。二人の感覚が場の冷え込みを和らげた。

人通りはない。正月特有の穏やかな静けさが、ささやかな贈り物のようにあり続けている。

「未羽は初恋の人に告った？」

ぽつりと悠希が聞く。

「ううん」

「そういうもんだよね」

悠希が胸を反らして伸びをする。

「本当に好きだった人にさ」

上を向いた姿勢のまま。

「告れなかった人って、どれくらいいるのかな」

乾いた声でつぶやく。

「かなり多いんじゃないかな」

「だね」

「そうだよなぁ」

芝居がかった節回しで言う。その割り切った横顔に、未羽はせつなくなった。

「たくさんの本気の恋が、こうして知られることなくひっそりと消えてるんだねぇ」

「わたしが覚えてるよ」

未羽は宣言した。

「悠希がこう兄さんに恋してたこと、わたしがずっと覚えておく」

返事がなかった。

振り向くと、悠希がうつむいている。お腹《なか》に何かが食い込んだみたいにまぶたを閉じ、こわばった表情。

どうしたの、と声をかけようとして、やめた。

涙の温度がしたからだ。

口角を持ち上げると同時に溢《あふ》れて、悠希の頬が濡《ぬ》れる。雫《しずく》が落ちる。水中で息が尽きたようにあごを開けて、泣きだした。

未羽は何も言わず、背中に手を添える。コート越しでもわかるくらい熱くなっていた。

背中をさすると、悠希がうなずく。口の形が笑ったり泣いたりを繰り返す。

そしておもむろに皿をつかんで引き寄せる。ぐしゃぐしゃになった顔で、ケーキを勢いよく食べ始めた。未羽もそうした。

かちかちに凍ったバタークリームが口の中で溶けて、バターのまろみとカスタードの甘さが馥郁《ふくいく》と回転した。バタークリームってこんなに美味しかったっけと今はなぜか悔しくなった。

正月、失恋した親友と、悲惨という名のケーキを食べた。

一生忘れられない思い出になると、思った。

ミゼラブル

ダックワーズ（メレンゲ＋アーモンドプードル）風のスポンジに
バタークリームを挟んだ、ベルギー三大銘菓のひとつ。
材料であるカスタードクリームに使う牛乳が買えず、
水で代用したことから「悲惨」の名がついた。つまりは貧乏レシピである。
余談だが、作者が一人暮らしを始めた若かりし頃、
そういう理屈のカルボナーラをよく作っていた。
牛乳の代わりに顆粒《かりゅう》のクリームシチュールウを水で溶き、卵を割って
フライパンでパスタと和《あ》える。当時は美味《おい》しく食べていた記憶があるが、
いま思うとあれはぜんぜんカルボナーラではなかった。
東京丸の内にある『エシレ』などでお求めになれる。

Petit gâteau

末羽は、そびえ立つ門前に立っていた。

日本の誰もが名を知る高級住宅地を、信じがたい広域にわたって高く白い壁が囲っている。さらに木々も伸びており、中はまったくうかがい知れない。

城。

末羽がまず抱いたのは、その印象。

——さすが世界屈指のグループ企業のご令嬢……。

本日はお招きにあずかり、葵の家に遊びに来た。

葵は漣の幼なじみだ。彼への恋をこじらせ、裏腹なことばかりしている。

ゆえに漣にアプローチを受けていた末羽は敵視されていたのだが、ハロウィンパーティーの一件以来、よくわからないまま気に入られてしまった。

それからたまにメールやLINEでやりとりしていたが（LINEは不慣れでガチのお嬢様感が伝わった）、こうして国の施設と見まごうような門前に佇《たたず》むと、住む世界が違う人なのだと実感させられる。

あのぽつんとついているインターホンは本当に家のインターホンなのだろうか。押しても大丈夫なのだろうか。そんな不安に駆られていたとき――スマホが鳴った。

【徳川《とくがわ》葵】

「――は、はいっ」

『着いたのね。入ってきて』

扉が自動で開き、中からダークスーツを纏《まと》った老紳士が出迎えた。

「有村様。ようこそいらっしゃいました」

恭《うやうや》しく礼をする。非日常の高級な時間が始まったのだと、空気が教えた。

「こちらへ。お嬢様がお待ちです」

「ど、どうも……」

平民感いっぱいにぺこぺこしつつ中に入った。

――広っ!!

長い石畳のアプローチと、和式庭園。奥には有名建築家が設計したのだろうモダンな邸宅があった。

一、二階の客間やダイニングらしきものが全面ガラス張りで透けて見えた。まわりを壁と植樹で囲っているからこそできる、贅沢《ぜいたく》な開放だった。

門扉《もんぴ》を抜けてたった数メートル。だがもう完全に別世界だ。

道路の雑音が消え、場に漂う格式が違う。

そして邸宅の前には老若男女《ろうにゃくなんにょ》、五人の使用人が笑顔で並んでいた。

「ようこそいらっしゃいました」

かつて、何かのフィクションかニュースで目にしたような場面。その現実化に理解が追いつかず、未羽はぽかんとしてしまう。

「有村さん」

典雅な声がして、奥から葵が姿を見せた。

小さな顔と長い手足。選ばれし者の骨格。シンプルだが明らかにハイブランドとわかる黒統一のコーデ。微笑《ほほえ》みを浮かべながら、何度もリハを重ねたバレリーナのように歩いてきた。

「いらっしゃい。待ってたわ」

みつめてくる瞳《ひとみ》の光は、たしかに好意を持ってくれている人のそれだ。未羽は恐縮するやら面映ゆいやらで、どうしていいかわからなくなってしまう。

「本日はお招きいただき……」

「堅苦しい挨拶《あいさつ》は抜きにして。さ、家の中を案内するわ」

弾むターンに導かれ、未羽は邸宅に入る。

大きな絵画が目に飛び込んできた。

跳ねるような色彩と黒い幾何模様の抽象画が、玄関の正面に高く掛けられている。出た、大富豪の定番。何十億とかするやつ。

「カンディンスキーよ。ロシアの、抽象画の祖って言われてる画家の作品」

「へ、へー……なんていうか……躍動してるね」

未羽はがんばって感想を述べた。

「じゃあ次はリビングに」

家の中を案内された。

それはまさしくテレビでも公開されないような真の豪邸訪問であり、テーマパークのごとく展開していくすごいもの《コンテンツ》の数々に未羽はひたすら「わー」と「すごーい」を繰り返した。

しかしそうするうちに、だんだんとあることが気になりだした。

「ここはスタジオとしても使えるようになっていて」

「じゃあ次は」

「次は」

葵は敏腕キャストという感じで、脚本があるかのような内容を一切のよどみなく伝えてくる。それはそれで楽しくはあるのだが……

家に入ってから、会話がゼロだ。

そう。葵が紹介し、未羽がわーと言い、次。そんな流れが続いていた。遊びに来たというより、おひとり観光ツアーだった。

「――こんなところかしら。じゃあお茶を用意しているから、一緒に頂きましょう」

「！　あっ、うん」

よかった。やっと話せる。

そう思って、庭からも見えていたダイニングに誘《いざな》われた。

「………………」

コック帽をかぶった貫禄《かんろく》いっぱいの老パティシエが待機していた。

「有村様、ようこそいらっしゃいました。わたくし、パティシエの藤堂と申します」

「藤堂さんはマンダリン・トーキョーのシェフパティシエで、今日のため特別に来て頂いたの」

「は、はあ……」

「では始めてください」

ライブのスイーツコースが始まった。

テーブルに着くと、出迎えてくれたメイドが茶を淹《い》れる。

「この茶葉は大紅袍《だいこうほう》っていってね、中国の岩山に四本だけ生えた老木から採れる、年に八〇〇グラムしか出回らないものなんだけど、今日のために取り寄せたの！」

葵が、とっておきの玩具を見せる子供のようないい顔で言う。

「すごーい。わっ、いい香り！」

などとリアクションしているうちに皿が運ばれてきて、その説明が始まる。あまつさえ、ピアノの生演奏まで始まってしまった。未羽はどうにかきっかけを摑《つか》もうと、皿を見る。隙《すき》がない。雑談を挟む余地がない。

「あっ、ピスタチオといえば……」

切り出したとたん、葵がくるっ！と振り向いてきた。

目を大きく瞠《みは》り、口許《くちもと》には笑み。大事な相手の発言を集中して聞こうという全力の態度だ。

その気迫に未羽は圧《お》されてしまい、

「……最初、抹茶と勘違いしてて……」

尻《しり》すぼみになってしまった。

それからコースは粛々と進み、どうやら最後の一皿。場が段落し、緩もうとする。と、葵があからさまにそわそわしだす。

「有村さん、他に何か食べたいものはある？」

「あ、ううん、もう充分。美味《おい》しかった」

「そう……」

葵は言って、ナイフとフォークを動かす。だがすぐに置いて、

「会いたい芸能人はいる？」

「へ？」

「言ってみて。呼ぶから」

「いやいやいや！」

「遠慮しないで。だいたいいける」

「そうじゃなくて！」

もどかしさの極致に達した未羽は、勢いで指のジェスチャーを突き出していた。

左右の人差し指を交差させた――×印《ばつ》。

葵がショックで青ざめる。

「あっ、やっ、これは！」

未羽は自分でもびっくりしながら、とっさに解説した。

「コンベルサシオン！『会話しよう』っていうジェスチャーです！」

もうずっと昔のことに思える。出会ったばかりの颯人と高級フレンチに行ったときに
知ったフランスのジェスチャー。埋もれていた豆知識がふとした拍子に出たのだ。

「徳川さん、話そう」

「…………」

葵はぽかんとして、それから痛むように目許を覆《おお》った。

「徳川さ――」

「違うの……」

葵がその体勢のまま首を振る。

「いつもの私は、こんなんじゃないの。もっと普通にできるのよ……」

ものすごくへこんでいる。自分自身に対して。なぜこんなふうにしかできなかったのだろうという苦悶《くもん》をにじませながら。

「……ずっと今日が楽しみで」

秘めていた思いをこぼす。

「有村さんを楽しませなきゃ。一瞬も退屈させちゃいけない。……がっかりされたくないって……」

未羽は、ここまでの全部がつながった気がした。

何度もリハをしたような動きだと思った。

敏腕キャストさながら、脚本があるかのような進行だと思った。

それは「ような」じゃなく、きっと、本当にそうだったのだ。

プランを練り、言うべきことを決めて、それこそ会話する間もないくらいスムーズにコンテンツをつなげたのだ。

未羽をもてなすために。初めて家に来た友達を退屈させないように。

「……ごめんなさい。ぜんぜん駄目だったわね……」

どうしよう。彼女が泣いてしまいそうだ。買ったばかりのアイスを落としてしまったような、そんな湿り方だった。

未羽は胸がいっぱいになる。

不器用な人だというのはわかっていた。

でもここまで純粋で繊細で――かわいいだなんて。

未羽は、葵のことが大好きになってしまった。

立ち上がり、嘆く彼女のそばへ行く。

曲がった背中に、手のひらを押しあてる。

まず、なんと言おう。伝えたいことがいくつかあった。そんなことない。楽しかった。美味しかった。嬉《うれ》しかった。それらすべてをすっ飛ばして――

「わたし、決めたよ」

こういう彼女の力になりたいと思った。

「徳川さんの応援団になる」

きょとんと振り向いてきた葵に、未羽は微笑む。

葵の不器用な恋が実るよう全力で応援していきたいという、宣言だった。

「ね、恋バナしよう」

「……え？」

「やっぱ一番楽しいしさ。わたしが自由が丘で振られた話とか聞いてよ？」

葵の瞳に興味が灯《とも》る。

初めての二人。お互い持ち寄る話はたくさんある。

けれどメインはなんといっても、葵と漣のことだ。

未羽は気合いを入れる。これから始まるのは、ただの楽しい時間ではない。真摯《しんし》な乙女たちによる、作戦会議なのだと。

そして、この後行われた会議が、葵と漣の関係を大きく変えるきっかけにつながるのだった。

Petit gâteau 2　につづく

trois

パンケーキ

1

「パンケーキ食べたい」

未羽は掃除機のスイッチを切り、つぶやいた。

モンスールガトーでの閉店作業《クローズ》。二月の六時過ぎ、窓の外はもう暗い。

イートインスペースでテーブルを動かしていた颯人は、つぶやきをスルーした。未羽が作業中、浮かんだままの欲望を垂れ流すのはよくあることだからだ。

しかし、今日のパターンは少し違った。

「颯人――折り入ってお願いしたいことがあります」

未羽がわざとらしく真剣な顔で言う。颯人はやれやれとテーブルを置き、

「じゃあ今度、そういう店に行こう」

「違うのです」

未羽は変なノリを継続した。カップルとして馴染《なじ》んだこの頃、二人きりのときはこういう、ありていに言うとバカっぽい会話が増えていた。

「今なのです」

「その口調やめろ」

「今、ここで食べたいの。颯人が焼いたやつを」

颯人が怪訝《けげん》な面持ちになる。そういったリクエストは初めてだったからだ。

「なぜだ」

「ダイエットをするから」

颯人の眉間《みけん》に皺《しわ》が寄る。

未羽は待て、というふうに手のひらを突き出し、理由を述べた。

「明日から本気でダイエットを始めるから、その決意の儀として今夜、颯人が焼いたとびきり美味《おい》しいパンケーキが食べたいの」

「…………」

「今、体のライン見たでしょ⁉」

颯人が目をそらす。

「あっ、でもどうせ『たいして変わってない』とか『それくらいでちょうどいい』とか言うんでしょ？　違うの。男子の意見とは別に、女子には女子の価値観が――」

「たしかに線が丸くなってるな」

「ちょうどいいって言えよ‼」

未羽はぷんすかとなる。これだから美意識高い系彼氏は。

「だったら責任取ってパンケーキ作って」

「なんの責任だ」

「そりゃ毎週のように美味しいケーキ屋さんに連れてってくれる責任だよ。——やっ、それはもちろん、とてもありがたいことなんですけど」

「各店で三つも四つも食べてるからだろ」

「だって気になるし、次いつになるかわかんないし、これでも厳選して……しょうがないじゃん！」

「なら、晩飯抜くとか調整すればいいだろ」

「出た！　パンがなければお菓子を食べればいい的な！」

「ぜんぜん違うだろ……」

「とにかく、とびきり美味しいパンケーキを食べさせてください！　お願いします!!」

颯人が深々とため息をつく。

そういうことになった。


銀色の調理台に、颯人が材料を並べていく。

小麦粉、卵、塩、スキムミルク、等々。

並べ終えると、調理を始めた。

計量を一発で終えた小麦粉をボウルに入れ、塩とスキムミルクを混ぜる。

未羽はそれを斜向《はすむ》かいでみつめている。ケーキを作っているときの彼はいちだんと男前で、ついみとれてしまう。

「……なんだ」

「えへへ」

颯人はむすりとした顔で作業を続ける。

「でもなんか久しぶりな気がする。颯人が粉混ぜたりするとこ見るの」

コンクールに向け颯人が店に残って修業する姿はよく目にする。だがそれは種目であるアメ細工だ。ボウルの中身をホイッパーでかき混ぜる、こういういかにもなケーキ作りはしばらくぶりだった。

「電動のホイッパーじゃないんだね」

「パンケーキは混ぜすぎないのがコツだからな」

別のボウルに卵黄を落とし、豆乳を加えて混ぜる。カッカッとボウルの底を叩《たた》く音が厨房《ちゅうぼう》に響き、それが未羽の記憶を刺激した。

「初めて店に来たときのこと思い出した」

「……ショートケーキを作ったときか」

「そうそう」

自由が丘で失恋した日、迷い込んだこの店で冷酷王子がショートケーキを作ってくれた。

ほんのり温かな生地が胸に染みて、ものすごく美味しくて……悲しみに暮れるはずだった日が幸せな日に変わったのだ。

「あのときの冷たい王子と付き合ってるなんて、信じられないよ」

くすくす笑うと、

「見てないで手伝え」

「はいはい」

未羽は使い終えたカップや計量器を片付ける。一緒にコンクールに出て助手を務めたことがあるので、このあたりの呼吸はまだ覚えていた。

ついでに戸棚を開け、皿を見繕う。

「これで食べたい」

調理台に二枚置くと、

「俺の分はいい」

「えーなんで」

「余計なカロリーは摂《と》らない」

「余計なカロリーとか言わないでもらえますか！」

颯人はフライパンをごく小さな火にかけながら、混ぜ合わせた黄色い生地を丸く垂らす。ひとつ、ふたつ、みっつ。

表面にいくつかの泡ができ、サッと裏返した。均一な焼き色。

「いい色！　さすが」

未羽は勝利を確信しながら、紅茶の支度を始めた。

「お茶くらい飲むでしょ」

「ああ」

彼は生地の状態に気を配りつつ、生クリームなど仕上げの準備。未羽はバイトで覚えたジャンピングの技を使って紅茶を淹《い》れる。息の合った共同作業が淡々と流れた。

薄い三枚の生地が焼き上がり、颯人はそれを皿の中央に積み重ねる。そこにバニラアイスをワンスクープ添え、上からとろとろの生クリームをこれでもかとぶっかけ、とどめにキャラメルソースの曲線美。

「……ふぉぉおお……欲望のかたまり……」

イートインスペースのテーブルでパンケーキを見下ろし、未羽は興奮を垂れ流す。

「これは世界のすべてだよ。ワンピース《ONE PIECE》だよ」

向かいに座る颯人が、いつもの「当然だ」の顔を浮かべている。弟子に飯を食わせる気難しい親方のようでもある。

未羽が瞳《ひとみ》を輝かせつつナイフとフォークを手にしたとき――

ガチャッ、と表のドアが開いた。

入ってきた女性が、店内の様子に気づいて固まる。

未羽たちにとっては、馴染みのある場面。まだ開いていると勘違いして入ってきてしまった客だ。

「すみません」

未羽は歩み寄りつつ、声をかける。

女性は会社帰りと思われた。二〇代半ばだろうか、ナチュラル系の服とメイク、生真《き》面《ま》目《じめ》そうな顔立ちが暗く沈んでいる。

「本日はもう閉店してしまっていて」

ショーケースも空っぽだ。

「あ……そうですか」

力ない返事。太めに引いた眉《まゆ》が、今の彼女とまるでかみ合っていない。

その紙切れみたいな頼りない表情に――未羽は、ぴんときた。

彼女は、かつての自分と同じだ。

何か悲しいことが……いや、間違いなく失恋だ。その落ち込んだ心を癒《い》やすために、美味しいケーキを求めに来たのだ。

会釈《えしゃく》して出ていこうとする彼女に向けて、

「あのっ――パンケーキ食べませんか？」

未羽はそう口にしていた。

女性が、何を言われたのかわからないという反応で振り返る。

「今、ちょうど、焼きたてのがあるんです」

未羽は奥のテーブルを指す。

「あそこにいる当店自慢のパティシエが焼いたもので、美味しさは絶対保証します」

女性は颯人とパンケーキをたしかめてから、またこちらに向き、

「……どうしてですか？」

問われ、未羽はなんと答えるべきかと迷い――ふにゃりと笑った。

「お姉さん、めっちゃお腹空《なかす》いてそうだから」

困りながら出た素の表情が、女性に響く音がした。

「さあ、どうぞ、こちらに」

先を歩きながら促すと、女性は「珍しいことになった」と受け入れた面持ちになってついてきた。

席にかけた女性が、テーブルに置かれたパンケーキを見下ろす。

立ちのぼる甘い香りとほどよく溶けたクリームに、彼女の喉《のど》が動いた。

颯人がちらりと未羽を見たが、何も言うまいという感じで女性に向き合う。

「どうぞ」

接客時のやわらかさを浮かべて勧めた。

初めて訪れた閉店後の洋菓子店で、イケメンのパティシエが焼いたパンケーキを食べる——完全な非日常だ。

それがきらいな女子なんていない、と未羽は思う。

「じゃあ……頂きます」

女性はぼんやりとなりながらパンケーキを切る。ネイルもナチュラルで丁寧。

彼女がクリーム滴《したた》るひと切れを口に入れる瞬間を、未羽はわくわくしながら見守る。

食べたとたん——ぱっと眉が跳ね上がる。

未羽は心の中でガッツポーズした。

「おいしい……」

本能がそのままこぼれたという短い言葉。けれどまなざしには光が灯《とも》り、暗くくすんでいた肌は息を吹き返したように色づく。

「ほんとうに、おいしい」

そうなのだ。おいしいケーキにはそういう力があるのだ。

しみじみと感激している女性を前に、颯人は何も言わず斜め上の天井に視線を逸《そ》らす。

未羽は彼女に紅茶を淹れた。注がれたカップからのぼる湯気と芳香に彼女が目を細める。

――よかった。

癒やすことができて。今日の締めくくりを素敵なものに変えられたことが、未羽は嬉《うれ》しかった。お腹が鳴ったが、無視した。

もうひと切れ食べようとした女性が、はたと手を止める。

「あの」

颯人に向かって責務に駆られたように、

「生地の食感がとてもよくて、甘さもちょうどいいです。見た目よりずっとすっきりした味で、いくらでも食べられる気がします」

感想を伝えた。

容貌《ようぼう》どおりの生真面目な人柄なのだと、未羽は思った。

2

だから当然と言うべきか、彼女はお礼の品を手に再訪した。

「あらためまして、岩代知美《ともみ》と申します」

差し出された名刺には、渋谷のオフィスビルにある企業名が書かれていた。

彼女——知美は、昨日とほぼ同じ時間帯にやってきた。コートとマフラーが同じであるのも、こちらが認識しやすいようにという意図だろうと思われた。

「昨日は本当にありがとう。これ、ほんの気持ちですが……」

「！　いえいえ、そんなっ」

「いえいえ、ぜひ」

という押し問答のあと未羽が受け取ったのは、海外コスメブランドのボディケアセット。知らないブランドだけど、いいものだというオーラがロゴと箱からにじんでいた。

ついテンションが上がる。これを使ったら、どんな仕上がりになってしまうのだろう。

「あ、ありがとうございます。……えっと、わたし、有村未羽です」

「有村さん、よろしく」

知美が笑む。いかにも仕事ができそう。昨日の陰はもう見えなくて、けれど未羽は彼女の雰囲気になぜかこう直感した。

何かがあったのではないか？　と。

「ごめんなさい、あなたくらいの男性に何を贈っていいのか、よくわからなくて」

知美が颯人に手渡したのは、ブランドの香水だった。

「……どうも」

颯人がやや戸惑いつつ受け取る。

本人のシンプルな装《よそお》いとはうらはらに、プレゼントはずいぶん気合いとお金のかかったものだった。

「今まで食べてきた中で一番おいしいパンケーキでした」

「いえ、ただのまかないですから」

ナチュラルに「俺の全力はあれじゃない」と言わずにおけないところが彼らしすぎて、未羽は内心やれやれである。

受け渡しがすみ、ひと段落の間が流れた。

と、知美が思い詰めたふうにうつむく。親指の爪《つめ》をさわり、颯人を見た。

「あの、とても図々《ずうずう》しいお願いで恐縮なのですが……もう一度あれを作っていただけないでしょうか？」

思いがけない依頼に、颯人がきょとんとなる。

こちらから理由を尋ねる前に、彼女はそれを明かした。

「拾った男性が、どうしてもパンケーキが食べたいって言うんです」

閉店作業が終わったイートインスペースのテーブルに、ティーカップが三つ並んでいる。

「……昨日、大学時代から付き合っていた人に振られたんです」

知美が事情を語る。

「三〇も見えてきたし、そろそろ結婚かなって当たり前に考えてて、そういう話もしてたし……完全に不意打ちで」

未羽は胸が締めつけられる。やはりあれは、そういうときだったのだ。

「彼、別の人と結婚するって。しかも……」

知美のまなざしが青白く張りつめる。

「相手は、部下の新入社員」

「えーっ⁉」

未羽は思わず叫んだ。

「ありえない！」

「ですよね!?」

「ふざけんなって感じ!!」

「そうなの!!」

未羽と知美の距離が一瞬にして縮まった。

「でも、もう、どうにもならなくて」

未羽は昨日の彼女の姿を思い出す。

途方に暮れ、薄い紙切れのようになってしまっていた。そしてパンケーキを食べ、息を吹き返した。

「拾った男性というのは？」

颯人が聞く。

すると知美は、そのときのことを浮かべたふうに小さく吹き出した。

「マンションの前に落ちてたんです」

感情を発露したせいか、雰囲気が和らいでいる。

「パンケーキを食べていい気分で帰ると、駐車場に男が座り込んでいたんです。最初はぎょっとなったけど、すぐにただごとじゃないって」

「ただごとじゃない？」

「怪我《けが》してました。額から血が出てて。『大丈夫ですか!?』って駆け寄って……そしたら外国人で。日本語がわからないみたいだから英語でどうにか会話して、救急車呼ぼうかって聞いたら、いらないって言うから、とりあえず家で手当てしました」

怪我の手当て。そこまでのなりゆきはまだわかる。が——

「つまり、その外国人がまだ家にいるということですか？」

颯人がたしかめると、知美は肯定の苦笑いをする。

「彼、記憶喪失らしいです」

未羽は「え？」と洩《も》らす。

「初めてリアルで聞きました……」

「私もです。彼、スマホも財布も何も持ってなくて。どこの誰だかわからない。行くあてもない。じゃあうちに泊めるしかない、って」

「警察には？」

颯人が当然の疑問を挟む。

「もちろん浮かびました。けど……なんか今日はいやだなって」

「……どうしてですか？」

すると、知美のまなざしがフィルターをかけたように情緒を帯びる。

「昨日はいろいろあって。彼氏に振られて、閉店後のお店ですごく美味しいパンケーキをご馳走《ちそう》になって、記憶喪失のイケメン外国人を拾うっていう不思議な一日で。その締めくくりが、警察が来てあれこれ聞かれたりごちゃごちゃするってなるのが……なんか、やだなぁって」

颯人が理解不能というふうに眉をひそめるが、未羽にはなんとなくわかる気がした。

「イケメンなんですか？」

未羽はつい、そこを掘ってしまう。

「どんな人なんですか？」

「見た目はロシア人っぽいです。フィギュアスケートに似た人がいた気がする」

「めっさイケメンじゃないですか」

知美が緩く笑む。

「ただ、ぜんぜん笑ったりとかがなくて。おとなしいんです。転んだのか服が汚れてて、だから一応替えを買いました」

ぱんぱんに膨れたファストファッションの袋をさわる。「元彼の室内着なんて着せてたくないから」と。

「とりあえず、今のところ何もないんですね？」

「それなんですよ」

「え？」

「今朝、いきなり私の部屋に入ってきて……『パンケーキが食べたい！』って、猛烈に訴えてきたんです」

「……なんでですか？」

「聞いたんですけど、とにかく食べたいって。もう絶対に食べなければならない！　っていう勢いで……」

未羽は颯人と顔を合わせる。

「変ですよね」

知美は眉をハの字にし、

「でもすごく食べたそうで。なら、あれを食べさせてあげたいって」

言ってから姿勢を正し、颯人に頭を下げた。

「図々しいのは承知ですが、もう一度作って頂けないでしょうか」

未羽はちらりとボディケアセットと香水の紙袋を見る。これは、その依頼も込みなのだろう。

颯人も、大人の女性にこうまで頭を下げられて否《いな》とは言えないようだった。

かくして知美は、持参の保温バッグでパンケーキをテイクアウトし、奇妙な同居人の待つ家に帰っていった。

3

「泣いて喜んでました」

知美がカウンター越しに報告してきた。

明くる土曜日。昼過ぎに来店し、持ち帰り用のケーキをオーダーした。

末羽はそれをショーケースから取り出しながら、

「ほんとですか」

「食べた瞬間、ほろって泣いて。自分でもびっくりしたみたいで。『すごくおいしい』ってにこにこしながら、あっというまにたいらげました」

知美の表情が昨日よりもいきいきしている。真っ暗に沈んでいた空が少しずつ明けているような風合いだ。

「甘いものが好きみたい」

同居人との生活は、彼女の心にいい影響を与えているらしい。

「よかったですね」

まわりに他の客もいるので、詳しく聞くことは控えた。

そのとき、颯人がイートインスペースから下げた食器を手に戻ってきた。知美に軽く会釈し、そのまま厨房に入っていく。パンケーキの感想は絶対に聞いていただろうなと未羽は確信する。

「二人は毎日バイトしてるんですか？」

「今はわりとそうですね。テストもないし、シーズンなんで」

「シーズン？」

「ケーキ屋はクリスマスから今ぐらいが一番忙しいんですよ」

「なるほど、言われてみればたしかに。じゃあ大変ですね」

「もう慣れました。わたしケーキ大好きなんで、やってて楽しいです」

「小さい頃の夢だったとか？」

未羽は、はたと顧みる。

「ああはい、たしかにそうでした」

明晰《めいせき》な記憶はない。でも小学一年のときに書いた自己紹介カードにはそうあった。幼い頃の字は、知らない他人のもののようだったけれど。

「じゃあ夢が叶《かな》いましたね」

「ですね、ささやかながら。――こちらでよろしいでしょうか？」

未羽はトレイに並べたケーキを見せる。

八個。二人分としては多い。知美がはりきって、あれもこれもと選んだ結果だ。

そんな彼女の手には、すでに書店の大きな紙袋が提げられている。ロシアの旅行本を買ったという。記憶を取り戻すきっかけになればということらしい。

「ニコライって呼んでるんです」

ケーキ箱を受け渡すとき、知美がささやくように打ち明けた。

「顔がニコライっぽいから。とりあえずですけど」

持参した大きな保冷バッグに入れながら、楽しそうに言う。

「……どれが好きかな」

素朴な笑み。喜ばせることを想像した満ち足りた表情だ。世話好きな人柄が伝わってきた。

大きなケーキ箱を手に、彼女はほくほくと店を出て行った。

あれから数日が経《た》った。

末羽は今日も今日とて閉店作業に取りかかる。

「颯人、有村さん」

青山がホールに出てきた。

「このあと任せてもいいかな」

すでに私服に着替え、出かける風情《ふぜい》である。

「はい」

颯人が答える。

「青山さん、最近忙しいですね」

未羽の言葉に、青山が頭の後ろをかく。その仕草は弟子にそっくりだ。いや、颯人が師に似たのか。

「業界の集まりでね。WPTCの関係でバタついてるんだ」

「えっ、青山さん、コンクールに関わってるんですか？」

颯人も初耳らしく、目つきを変える。

「いや、ただの頭数だよ。だと思うんだけど」

青山は曖昧《あいまい》に笑み、

「明日はカロリーヌと式場の見学もあるし」

未羽は華やいだ声を出す。

「えっ、どこですか⁉」

「明治神宮」

「神社‼」

日本文化好きのカロリーヌらしいチョイスだ。

未羽も神社婚を一度見かけたことがあるが、紋付き袴《はかま》と白無垢《しろむく》で境内を歩く姿は、和ならではの格式と新鮮さがあってなかなかに素敵なものだった。

「いよいよですね」

「まあね。じゃあ行ってくるよ」

そう言って青山は店のドアから出ていった。

「楽しみだね、式」

「そうだな」

やりとりをして、二人は各々《おのおの》の作業を開始する。未羽はカウンターで備品の補充をし、颯人は床清掃のために椅子《いす》とテーブルを動かす。

軽々持ち運ぶ彼の姿を見つつ、未羽はぼんやりとイメージする。彼が紋付き袴を着たら。

――似合いそう。

黒と灰色のコントラストが、伸びた背筋にびしりと決まっている。

自分はその隣で白無垢だ。どうだろう、着こなせる自信はないが初々《ういうい》しさで勝負か。いや巫女《みこ》に先導され、赤い和傘を差し掛けられながら境内をしずしず歩くさまは佳《よ》い。いや、やはり王道のウエディングドレスも捨てられない……

――って！

我に返り、指で額をぱしぱし叩く。今から結婚とか妄想早まりすぎ。

――こんなの言ったら、絶対引かれる。

ひとしきり猛省し作業を再開しようとしたとき、

「未羽は、どういう式がいい」

「へっ⁉」

ついリアクションが大きくなってしまった。颯人の表情を見てすぐ、なにげなくした質問だったとわかったが――遅かった。

こちらの動揺のニュアンスが伝わり、彼は正しくそれを読み取った。自分の質問が相手にどう受け取られてしまったのかを。

「……あ、いや」

颯人が目を伏せ、頭の後ろをかく。めずらしく狼狽《うろた》えていた。

「そういう……」

「…………」

お互い視線を合わせず、黙り込む。むずむずと、ぎこちない空気が漂った。

「――あ、そ、そういえばさ、岩代さんってあれから来た？」

未羽は無理やり話を変えた。

「……俺は見てない」

「だよね。どうなったんだろ？　気になるよね」

「そうだな」

「でもほんと、なんであんな素敵な人を振るんだろ」

未羽は勢いのまま、オーバーアクション気味に腕を組む。

「美人だし、気配りできるし、ちゃんとしてるし、完璧《かんぺき》じゃん」

颯人は応《こた》えず、何か思う素振りを挟む。

「……俺はなんとなくわかる気がする」

「どういう意味？」

聞くと同時に、ガチャッと表のドアが開いた。

振り向くと——噂《うわさ》の人物がこちらの姿を確認し「よかった、いた」という表情を浮かべた。

4

「聞いてください」

開口一番に知美が言う。ずっと溜《た》めてきたものを出したい。そういう表情だった。

「他に話せる人がいなくて……もう、とにかく、聞いてほしいんです」

「ど、どうぞ」

未羽がテーブルの席を勧めると、知美がすっかり慣れてきたふうに座り、ため息をつく。颯人が彼女のティーカップを取りに立った。

「すみません、閉店時間に何度も。……ニコライの、ことなんですけど」

「何かあったんですか？」

「あったどころか！」

強い返しがきた。外に出したくてぱんぱんになっているさまだった。

「彼、変なんです」

「変？」

聞き返したとき、颯人が戻ってきた。

知美が唇を硬く結ぶ。いざ表に出すというときのためらいと、どう話すべきかを頭の

中で整理している沈黙。颯人が紅茶を注ぎ終えたとき、

「……土曜日」

話し始めた。

「ここでケーキを買って、家に帰りました。玄関のドアを開けて、ただいまって言おうとしたら――焦《こ》げた臭《にお》いがして。料理じゃない。木が焼けたときの臭い。あわてて駆け込んで、そしたら部屋が煙で白くなってて……」

「か、火事ですか？」

知美が首を横に振った。

「キッチンの床に彼がしゃがみ込んでて、びっくりして叫びそうになりました。私に気づいて、ぼんやり見上げてきて、それで……」

彼女の両手が、洗髪のように頭に添えられる。

「灰をかぶってたんです」

「……灰？」

「コンロに、折った木が置いてありました。リビングの観葉植物。それを燃やして……その灰を、かぶっていたんです」

「……」

未羽は息を呑《の》む。思った以上にただ事ではなかった。

「なんでか、聞いたんですか？」

「もちろん。ただ……」

「ただ？」

「『掃除をしてた』って言うんです」

「……は？」

「わけわかんないですよね？」

未羽は強くうなずく。

「脳の補完だな」

ずっと聞いていた颯人が言った。

「自分自身でも理由がわからない行動に、脳が無理やり理由をつけてしまうんだ」

「そんなこと、あるの？」

「記憶や認知の障害に伴うものとして、知られている現象だ。脳は矛盾や空白を嫌う。だから本当の理由は、本人にもわかっていない」

颯人が紅茶を一口すする。場には不思議でざわざわとした気配が漂い始めた。

「まだあるんです」

知美が相談者の早さで言う。

「ケーキを食べなかったんです。いくら言っても『いらない』って。前の日はあんなにおいしそうに食べてたのに、毒でも見るような目で……。しかもその日は結局、何も口にしませんでした」

颯人に向かって、懸命に訴える。

「なのに次の日は、普通に食べて」

理由を聞いても、やはりまともな答えが返ってこない。

………。

未羽は自分の眉間が窮屈になっているのを自覚した。

行動が謎《なぞ》すぎる。とても自分の手には負えない。

隣の颯人を見た。彼は顎《あご》に指を添え、じっとテーブルのあたりを見ている。いつものように推理を巡らせているのだろう。

未羽にわかることと言えば、もし自分が知美の立場だったらとっくに家族に助けを求めているだろうことだけだ。彼女の安全が心配だった。

だがそれは、杞憂《きゆう》に終わったらしい。

「餃子にサワークリームつけて食べるんです！」

それから知美はちょくちょくやってきて、ニコライとの同居生活を話してきた。

「ずっと緩んでたシャワーの付け根を、あっという間に締め直してくれて」

「とにかく無表情。ぴくりとも笑いません」

幸いにして奇行は収まったらしく、二人の生活はそれなりにうまくいっているようだった。

ニコライは笑わず、食の好みからロシアやウクライナ出身の可能性が高く（颯人談）、ＤＩＹが得意。そして家事能力があり、身の回りのことをすべてやってくれるようになった。

起きれば朝食ができていて、仕事から帰れば掃除の行きとどいた部屋と彼の作る異国の夕食が迎える。

「めっちゃいいじゃないですか」

未羽は言う。イケメンに世話されるのはまごうことなき憧《あこが》れのシチュエーションだ。

「ちょっとやりにくいんですけどね。そういう扱いに慣れてないし……」

知美はまんざらでもなさそうな困り顔をする。

「あと、やたら赤推し」

料理も隙《すき》あらばビーツなどを使って赤くするし、近所を清掃した際に摘んだという赤い花をコップに生けていたりする。

「素敵じゃないですか」

「でも、にこりともせずやるんで。花とか持ってこられてもリアクションに困ります」

言いつつも、この状況を気に入っている様子がにじむ。知美の表情には、はなやいだ色があった。それは彼女が初めて店を訪れたとき完全に失われていたものだ。水と太陽を浴びた草花のように甦《よみがえ》ってきている。

だからこれはいい出来事だったのだと、未羽は納得した。

そのようにしてひと月あまりが過ぎていき、冬が終わり、春休みに入った。

5

「ケンカしました」

知美が紅茶を飲み、度数の高い酒を飲んだ後のように息をつく。

閉店間際《まぎわ》の客のいないタイミングを的確について訪れる。すっかりベテランだった。

「えっ、なんでですか」

未羽は店員として向かいに立ちながら尋ねる。颯人はカウンターで焼き菓子のリボンかけをしていた。

「……まあ、私が悪いんですけど」

いつもプレゼンのように無駄なく話す知美にしては珍しく歯切れが悪い。が、

「いや、悪いっていうよりかは……」

大げさに首をひねる彼女の口許《くちもと》がちょっとにやけていて、未羽は「のろけ話になるかもしれない」というスイッチを入れた。

知美はこれ以上もったいぶるべきではないと気づいたふうに、居住まいを正す。

「彼、家のこととか全部世話してくれるって言いましたよね」

「はい」

「それで……キレちゃったんです」

「……どういうことですか？」

「自分とやり方が違うってことがあるじゃないですか」

知美が見上げてくる。

「たとえば食器を洗うとき、私はすすぐときだけ水を出すけど、彼はスポンジでこすってるときから流しっぱなしとか」

「あー」

「それに、心配してくれてるのはわかるけど『もっとこれを食べた方がいい』とか『もう寝た方がいい』とか『それは君に合わない』とか……最初はわりと心地よかったんですけど、だんだんうるさいなってイライラしてきて、そうしたら毎朝起こしてくれることとか、部屋が片付けられてることにさえ腹が立ってきて……」

未羽は指先を固くする。

のろけなんてとんでもない。離婚の理由みたいな重い話だった。

緊張する未羽を察したふうに、颯人がさりげなく隣にやってきた。少しほっとした。

「……どうなったんですか？」

すると、知美は目をつぶりながら――小さく吹き出す。

「『わかった』って」

「……え？」

「どう変えればいいか話し合おうって、冷静に、あっさりと言ってきました」

両手で包むティーカップをもてあそびながら、

「私が爆発して喚《わめ》いてたときから、彼はいつもの無表情で。何も言い返さず、最後まで黙って聞いてくれてたんです」

未羽はふっと、ニコライのイメージが浮かんだ。

鼻筋の通った、推定ロシア人のイケメン。寡黙《かもく》で無表情なのは感情がないとか冷たいのではなく、真面目だからだ。

「私、力が抜けて、あっそれでいいの？　って冷静になって……そのとき、気づきました。『これ、私だ。私もおんなじことやってた』って」

「……おんなじこと？」

知美の顔が郷愁を帯びた。

「別れた彼に、してたんです。『ああした方がいい』『こうしなきゃ』って、仕事とか生活に口出ししてた。必要だろうなって思うものを買ってプレゼントしたり、旅行の計画を立てたり。私は彼のことをちゃんと思ってる良い彼女だって自負してました」

ばかですよね。自嘲《じちょう》で笑う。

「そのとき、あうそうかって、わかったんです。『こうなってたらよかったんだ』って。

彼とも、こんなふうに……」

しんみりとした余韻が流れる。

颯人が『CLOSE』のプレートを持って店の外へ出る。時計は一八時ちょうど。夕暮れに沈むウインドウが鏡のように店内を映していた。

「今の暮らしがいつまで続くかわからないけど、ニコライに会えたこと、私は感謝してます」

心からそう思っているふうに微笑《ほほえ》む。

「昨日一緒に買い物に行きました。それで新しい鉢植えを買ったんです。彼が燃やしちゃったきりだったから」

話す彼女はなんだか幸せそうで、けれど同時に終わりがくることを覚悟している。はたしてそうか、と未羽は思う。この同居生活がもしずっと続くのなら、それはそれでいいのではないかと……

「買った鉢植えは、棕櫚《しゅろ》かネコヤナギですね」

いつのまにか戻っていた颯人が、言う。

「どちらでしたか？」

「棕櫚です……どうして？」

わかったの、という知美のまなざし。

それを受ける颯人の佇《たたず》まいに――未羽は悟った。これまで何度も見てきたもの。謎が解けた。

そう言っているときの彼だった。

戸惑う知美に、颯人が予言する。

「三日後に、彼から『足を洗いたい』と頼まれます」

6

三日経っても、知美は店に来なかった。

末羽は気になりつつも、颯人に予言の意味を問うことができずにいる。なぜならそこにはけっして喜ばしくない気配があって、聞いてしまったとたんそれが自分の中で固まってしまうと思ったからだ。知らないまま、できるだけ曖昧にさせておきたかった。

さらに一週間が過ぎた。

これまでの知美なら一度か二度は来店していた。

ほんのひと月余りの交わりだけれど濃厚で、すっかり馴染《なじ》んだ感覚だったから、途切れてしまったことのさびしさを抱く。でもあくまで店員と客。連絡先も知らず、どうしたのかなと思いを馳《は》せることしかできないのだ。

「知美さん、来ないね」

颯人にぼんやり言っても、彼は何も返してこない。

閉店間近、末羽は窓を拭《ふ》く。この時間になっても外にはまだ藍色《あいいろ》の空気が残っている。いつも犬の散歩で通る婦人はまだ真冬の装いだけど、ガラスから伝わる冷気のやわらぎに季節の移り変わりを感じた。あと一度、春の雪が降るかどうか。

――!

向こうから、見知った人影が近づいてきた。

知美だ。

未羽はぱっと顔を明るくして、窓越しに手を振る。

すぐに知美が気づき、こちらに向かって微笑んだ。

その、細い風が吹き抜けたような佇まい。

「――」

未羽はぎゅっと胸が締めつけられる。一瞬で察してしまった。

彼はもう、いないのだと。


「出ていっちゃった」

いつもの席についてすぐ、あっけらかんと報告した。

未羽は向かいに立ちながら、何も言うことができずにいる。その反応を認めた知美が、

「やっぱりわかってたんですね。――どうして?」

未羽の隣にいる颯人に聞く。

「あなたの予言どおり、三日後に足を洗ってほしいって頼まれました」

颯人は静かに受けとめ、こう聞いた。

「ニコライさんがいなくなったのは、日曜日か、その翌朝でしたか？」

知美が目を見開き、口を覆《おお》う。信じられないものに接した動き。

がたりと立ち上がり、颯人に詰め寄った。

「なんでわかるの？」

二の腕をつかむ。

「何を知ってるの？　教えて！」

懸命な表情。強がっていた裏に隠していた悲しみがこぼれた。

「彼については何も知りません」

颯人が答える。

「ただ、彼がなぜあの日パンケーキを食べたくなったのかという理由がわかっただけです」

「……え？」

「だから木曜日に足を洗いたいと頼むことや、日曜日になんらかの区切りがついたことも予想できました」

知美の手の力が緩む。

「……どういうこと？」

颯人はそっと知美から離れ、ドアへ向かう。

外に『ＣＬＯＳＥ』の札が掛けられた。


三つのティーカップが白い湯気を立てる。

いつものダージリンなのに、未羽はなぜか苦い香りを強く感じた。

颯人がひと口すすり、かちりと置く。話す呼吸がして、未羽と知美は注目した。

「『パンケーキ・デー』という言葉を聞いたことはありますか？」

知美が瞬《まばた》きする。未羽も知らない。

「キリスト教圏にある冬の伝統行事です。その日はみんなで必ずパンケーキを食べる。イギリスではフライパンでパンケーキを運ぶレースをするし、ロシアではわら人形を燃やす祭をする」

「じゃあ——」

「パンケーキを食べる理由は」

知美の言葉に、続きが重なる。

「翌日から始まる断食《だんじき》に備えるためです」

　未羽は、はっとなった。

『灰をかぶってたんです』

「パンケーキ・デーの翌日は『灰の水曜日』と呼ばれます。この日は厳しい断食と、そしてもう一つ——灰を頭にかけたり、額に塗る習わしがあります」

『その日は結局、何も口にしませんでした』

　知美が慄然《りつぜん》と、颯人をみつめている。

「じゃあ、ニコライは……」

「はい。キリスト教の『四旬節《しじゅんせつ》』に沿った行動をしていました」

「……しじゅん、せつ？」

「イエスの復活を祝うイースターまでの四六日間です。日本ではあまり知られていませんが、この期間キリスト教徒には様々な行事があります。最後の日曜日にあるのが『枝の主日』。一年のお守りとして枝を買い、それを翌年燃やして、頭にかける。枝の木は国によって違いますが、イギリスなら棕櫚、ロシアならネコヤナギです」

だから木の種類を絞れたのだ。

知美は表情をなくしている。

「……足を洗うっていうのも、そうなんですね？」

颯人はうなずく。

「枝の主日の四日後にくるのが『洗足木曜日』。その三日後にイースターを迎え、四旬節は終わります」

その朝に、彼は出ていった。

知美はティーカップの水面にまなざしを置いている。彼の奇行の理由がすべて明かされ、一つずつ振り返り、噛《か》みしめているふうだった。

「……それは覚えてたってことですか」

「おそらく、本人としては自覚のない衝動だったのだと。伺う限りでは、本当に記憶を失っていたでしょうから」

いっけん脈絡のない奇行。それらはすべて、四旬節という宗教の習慣に沿ったものだったのだ。

「彼について、もう一つわかったことがあります」

「……なんですか？」

「ロシアなどからイギリスへ渡った移民だということです。外見や食習慣が西スラブのものなのに、パンケーキ・デーや枝の主日の流儀はイギリスのものでした。彼が生まれる前か、幼いときに移住したのでしょう」

「……すごいですね」

知美が溜め息のようにつぶやく。それは、正解であるとすでに知っている響きだった。

彼女はバッグを開け、中から何かを取り出す。

薔薇《ばら》のように赤い、手紙の封筒だった。

「……ニコライさんから？」

未羽の問いに、苦笑で答える。

「テーブルに置いてました。最後には記憶、戻ったみたい」

便せんを抜き取り、未羽に広げて見せた。

英文が几帳面《きちょうめん》さの伝わる筆跡で並んでいる。これなら未羽にも読めそうだった。

知美を窺《うかが》いつつ、便せんを持つ。

「……『知美さん。今日までありがとう』」

颯人にも聞こえるよう音読する。

「『記憶が戻った。だから僕は今すぐきみから離れるべきだと思った。なぜなら……』」

続く文を読み、未羽ははっとなる。

知美を見た。彼女は承知している顔。

「……『僕は犯罪者だから』」

彼の事情が綴《つづ》られていく。ロシアから渡ってきた窃盗団の一員であること、現場からの逃走中に交通事故に遭ったこと。

だから身分証も何も持っていなかったのだと、未羽は読みながら納得した。

「『そして、きみに拾ってもらった。いくつかの奇妙な行動で驚かせてしまったが、あれは僕が大人になるまで過ごしたイギリスの習慣なんだ。大好きなおばあちゃんとの思い出でもある』」

彼のこれまでについて簡単にまとめられている。

両親がいなくなりウクライナ移民の祖母に育てられたこと、貧しくも穏やかな少年時代を過ごしたこと、祖母が亡《な》くなり自らのルーツであるウクライナに渡ったこと、そこで生活に窮し道を踏み外したこと……。


知美と暮らした日々は、ぜんぶ覚えている。

真面目《まじめ》で、やさしくて、面倒見がいい。

いつも気を遣って緊張しているきみも、寝顔はすべてから自由で、穏やかで、天使のように美しかった。

そう、僕はきみより少しだけ早く起きて、それを見るのが好きだった。

そして、思う。そんなきみと一緒にはいられない。
今の自分の生き方は、悔い改められるべきものなのだと。
だから僕にとって、きみとのこの四〇日間は
まさしく天使と出会ったような幸福であり、教えだった。
つらいけれど、お別れだ。
最後の寝顔を見ながら、これを書き終える。
僕の天使。美しいきみへ。

ニコライ

末羽が最後を読み上げたとき、知美の睫毛《まつげ》が重くなった。何度も打ち寄せたさざなみがまたふれてきた——そんなふうだった。

「……四旬節、か」

知美がつぶやき、また黙る。

がらんとした店内に、いつのまにか夜の気配が降り積もっている。

「贖罪《しょくざい》の期間ともされています」

颯人の言葉に、彼女が見上げた。

「あなたと過ごした四旬節は、彼にとってまさにそういう時になったのだと思います」

知美の顔が複雑に烟《けぶ》った。

苦さと笑みと、そんな区切りなどなくてよかったという悲しみが斑《はだら》になっていた。

未羽はかける言葉がなくて、ぬるくなった紅茶を飲む。唇を濡《ぬ》らす温度が、涙と同じだった。

と――颯人が便せんを折りたたみ、赤い封筒にしまう。

「赤は」

知美の前にそっと置き。

「ウクライナで、きれいなものの代名詞です。だから料理や生活品にたくさん取り入れる。赤はきれいで美しいものなんです」

置かれた色を静かにみつめ、知美は親指と人差し指でつまみ取る。

＊＊＊

「人の足を洗うなんて、初めてかも」

知美は手を動かしつつ言う。

ぬるま湯を張った洗面器につっこまれた、大きな素足を洗っていた。

「すまない」

ダイニングチェアに座りつつ、ニコライが朴訥《ぼくとつ》に言う。

こうして普段と違う角度から見ると、やはりイケメンだなと素直に感じた。

「いいけど」

そっけなく返す。あーやれやれ、というふうに。

このダイニングは目下、彼の寝床でもある。

もともと知美はワンルームマンションでも不自由していなかったが、恋人との週末を快適にしようと、この1DKに引っ越した。結局、本来の意図で活用された期間は短かったけれど、こういうところも彼にとっては重かったのかもしれないと今はわかる。

ニコライの、アジア系とは違う白いくるぶしを見つつ、ふとこの奇妙な同居生活に感慨を抱いた。

本当にめまぐるしく、凝縮された日々だったと。

「どうしてこんなこと頼んだの？」

彼はいつものごとく首を横に振る。無表情だけど、困っているのだと読み取れるようになった。

「そう」

「……ありがとう。十分だ」

彼がタオルを手に取ろうとする。

「いい、やってあげる」

知美は彼の足を湯から上げて、拭《ぬぐ》う。

静かでしとやかな間合いが漂った。

「ありがとう」

彼が埒《らち》をあけると、知美は思い詰めたまなざしで――

「……あのさ」

あなたが今日、こういうお願いをしてくるって知ってた人がいるんだけど。

そう続けようとして、けれど声が出なかった。

湧《わ》いたのは恐怖だった。踏み込んで、今が崩れてしまうことがとても嫌だと思った。

「ニコライはなんで、こんなに赤が好きなんだろうね」

だから知美は、まったく別のことを聞いた。

「赤はきれいだから」

「うん」

かなり前にも聞いた答えだ。部屋にもすっかり赤いものが増えた。

「好きな色なんだよね」

「違う」

「え？」

意表をつかれ、聞き返す。

ニコライは宙に青い瞳《ひとみ》を向けて言う。

「僕が好きとかではなくて……赤はきれいで美しいものだ。だからたくさんあるといいんだ」

謎の力説に、知美は小さく吹き出す。

「そっか」

「きみに似合う」

さりげなく続けられた言葉に、喉《のど》が詰まった。

まっすぐにみつめてくる。朴訥とした表情で、でも誠意と熱を込めた声で。

「赤はきみにふさわしい」

かあっ、と顔が熱くなった。

こういう直球に慣れておらず、知美はあせってごまかしてしまう。

「ちょっ、なに？　もー」

タオルを膝《ひざ》に投げつけた。

そのとき。

彼が、笑った。

ひと月以上になる同居で初めて見た照れ笑いは、これまでの硬い印象を一変させる、すごく甘やかなものだった。

その不意打ちに、知美はうっかり学生のようにときめいてしまったのだった。

＊＊＊

知美は赤い封筒をみつめたまま、同じ色に引いた唇に微笑みを浮かべる。それから、颯人に言った。

「知ってます」

封筒をそっとバッグにしまい、席を立つ。

「ありがとう」

「もしよろしければ」

颯人が呼び止める。振り向く彼女に、言った。

「パンケーキを召し上がりますか」

知美はわずかに目を瞠《みは》り、そして……何かを吹き飛ばすみたいな息で、笑った。

「頂きます」

颯人は丁寧に会釈《えしやく》し、厨房《ちゆうぼう》に向かう。

未羽は、再び席に着く知美のそばに寄り添った。

パンケーキ

パンケーキのパンはフライパンのpan。

溶いた小麦粉を板で焼くというシンプルなレシピから、

起源は人類が小麦を食べ始めた太古（石器時代）と思われる。

章に登場したパンケーキは日本式のもので、イギリスからロシアに渡る地域では

薄いクレープ状に焼くのが伝統スタイル。それを巻いたり重ねたりして頂く。

かの国々では古来、食料の不足する冬を迎える前にご馳《ち》走《そう》を食べる祭があった。

そこに登場したのがパンケーキである。

古代からあった、断《だん》食《じき》前にパンケーキを食べる習慣。

それがパンケーキ・デーという形になって現在に伝わっている。

東京北千住の『茶香』などで頂ける。

Petit gâteau 2

1

神戸市芦屋《あしや》にある、上流階級が集う学園。

その校門に、ブラックスワンのごとき美貌《びぼう》と痩身《そうしん》を持つ少女が立った。

彼女の名は、葵。世界屈指の流通グループの令嬢である。

この学園は彼女の幼馴染《おさななじ》みである大広漣の通うところ。

つまり葵は、東京から片道五時間近くかけ、わざわざ漣に会いに来た。

ちょうど下校時間で、門からは帰りがけの生徒たちがちらほらと出てきていたが、葵にびびり、岩に分かれる川のごとく避けていく。葵が何者かは知らない。だが放たれる格式《オーラ》の差に、同じ上流階級の人間は敏感だった。

そんな彼、彼女らなど眼中になく、葵はかつてない緊張に全身をこわばらせている。

二月一四日——吐く息は白い。

葵はバッグからスマホを取り出す。開いた中に、可愛《かわい》いラッピングの箱が覗《のぞ》いた。

LINEを開く。友だちは一人。

ぼっちなのではない。立場上、情報の扱いには気をつけなくてはならず、普段使う方のスマホにはこういったアプリは一切入れていない。だからこれは、そのたった一人とやりとりする専用のスマホ。

『未羽』と書かれたトーク画面の、通話ボタンを押した。

すぐに出た。

『葵ちゃん』

声を聞いた瞬間、先日のあたたかな距離感がよみがえる。この親しみやすさこそ彼女の魅力であり、人徳なのだと思う。

『神戸着いたの？』

「ええ。今、門の前にいるわ」

『いよいよだね』

葵は、バッグにそっと手を添える。

「未羽。最後に勇気をちょうだい」

……それは、未羽が遊びに来たあの日のことだ。

「チョコあげよう」

　未羽がアップルのプレゼンみたいに力強く提案した。

「このバレンタインを逃す手はないよ。もう、ぱ！　って渡しちゃえばいいんだから、ある意味簡単っていうか、葵ちゃん向きだよ。──今まで漣くんにあげたことは？」

「彼のコンビニが出したチョコのダメ出しメールを送っていたわ」

「０点!!」

「……れい、て……」

「でも逆によし！　これまでの最悪があるからこそ、今回の本チョコは光り輝く！」

　未羽がきらきら光る目で詰めてきた。

「ね？　漣くんにチョコあげてさ、素直な気持ち伝えようよ」

「…………」

　葵は自分の心を顧みる。

　正直、漣に対する気持ちは、裏腹でねじくれた振る舞いをしているうち自分でもコントロールできないよくわからないものになりかけていた。

　けれど未羽と話しているとそのねじれが解けて、彼が好きなのだというすっきりとした原点が見えた。

そんな発見に、気持ちも高ぶる。

「でも……いきなり言ったって」

長年続けてきた態度がある。関係性がある。それをいきなり変えるのは――

「変えていいじゃん」

「え？」

「こう言っちゃなんだけど、いま以上に悪くなることなんてないよ」

「…………」

それもそうだ。

「だから、好きだって思いを伝えることはプラスにしかならない」

……胸の音が聞こえて、彼に告白することを想像している自分に気づく。

手を当ててみる。漣の顔を思い浮かべて、より具体的にイメージする。

どくどくどくっ。

弾む感触に、たまらず手を離す。

「だめ、だめよ」

息切れしながら首を振る。

「言える気がしない」

「大丈夫」

未羽は自信に満ちた顔で断言する。他人の恋愛に関しては無敵の勇者だった。

「バレンタインチョコには、オプションの秘密兵器がつけられるから」

「最後の勇気を」

『葵ちゃんみたいな美人に告られて悪く思う男子なんて、この世にいない』

最高の言葉だった。

「ありがとう」

『じゃあ漣くんが今どこにいるか、さりげなく聞いてみるね』

「ええ」

通話が切れた。

葵は小さく息をついて、門の向こう側を眺める。

漣との今みたいな関係は子供の頃から続いてきて、これからもずっとそうだと思っていたのに、自分はこうしてバレンタインの本命チョコをバッグに忍ばせ、渡そうとしている。

ある意味あっけなく、不思議な感覚だったけど、何かが変わるときというのはこういうものなのかもしれない。

未羽からＬＩＮＥが入った。

『昇降口に向かってるって』『場所わかる⁇』

『ええ、大丈夫。ありがとう』


返信を終え、校門をくぐる。と、未羽から『がんばって！』というメッセージと、ファイトのスタンプ。胸があたたかくなった。こういうアプリもいいものだなと思った。

校庭を歩く。門までは以前一度来たが、敷地内は初めて。よその学校は葵でも落ち着かない気持ちにさせられる。

方角に見当をつけると、それらしきガラス扉の出入口があった。

すれ違う生徒たちにすました面持ちを向けつつ、心は緊張が高まる。

——素直に、素直に、素直に……。

何度も念じる。

漣が相手だと心がうまくコントロールできないことは自覚している。

普段の自分はそれはもう周囲と円滑で、自制も配慮もよく利《き》いて、大企業の令嬢としてふさわしくあるのだが、彼に対してだけはいつもの自分でいられない。

いや、違うか。

幼い頃のままなのだ。

絵に描いたような暴君で周りの大人たちを困憊《こんぱい》させていた頃。系列企業の子息たちとアメリカへ行き、そこで漣にひっぱたかれたあの頃――。

きっとあの瞬間を境に、自分は歳《とし》とともに落ち着いていき、オフィシャルな仮面を手に入れた。けれど漣が絡《から》むと――、
扉にぶつかりそうになり、葵はびくりと立ち止まる。

ガラスの向こうに、スチール製の靴箱がずらりと並んでいる。

ひとつ深呼吸をして、昇降口に入った。

見渡すが、彼の姿はない。クラスと出席番号は把握している。歩きながら漣の靴箱を探し、ほどなくみつけた。

「……………」

閉じた蓋《ふた》に貼《は》られた番号を見ると、なんだか彼の学校生活の一部にふれたみたいで胸が少しきゅっとなる。

だがそれもつかの間、ある懸念《けねん》がわき上がった。

他の子のチョコが入っているのではないか？

十二分にあり得ることだ。ひとたび思ってしまうと、たしかめたいという衝動が瞬時にピークに達し、開けてしまった。

「えっ」

思わず声が出る。

かわいいものが敷き詰められていた。

彼の靴が見えるはずの空間には、バレンタインの箱がパズルゲームのごとく積まれていて、カカオの香りがぷんと顔にぶつかってきた。

何かのドッキリを受けたように靴箱を開けたままでいる葵は、驚きのあと、凄《すさ》まじい勢いで腹の底がかき混ぜられていく感覚を——

「あー、漣くんおったー！」

黄色い声が届いた。

はっと見ると、向こうの通用口から入ってきた漣に女子の四人組が近づき、囲む。

「おー、どないしたん？」

「やっぱ、めっちゃチョコもろてるー！」

漣の両手には、ブランドを買いあさった渡航者のごとく様々な紙袋がぶら下がっている。リュックもおそらくぱんぱんだ。

「いやー人気者はつらいわぁ」

「うざぁっ」

「調子乗ってるー！」

女子たちがなぜか楽しそうにはしゃぐ。彼女らの手にもまた、チョコがあった。

「そんなあるなら、ウチらのなんかいらんやんなー?」

「えーっ、めっちゃほしいて!」

メラッ。

葵の奥で火が揺れる。

──わかってる。

自分に言い聞かせた。あれは女子グループの「みんなで渡そう」的な、遊びと一片の期待を混ぜたイベントだ。気にすることはない。

「ほんまー?」

「そんな欲しい?」

「ちょうだいやー。このとおり!」

「えー。どうするみんな~?」

ヘタレたちの馴れ合いだ。どうせ将来のことなど何も考えていない脳みそマシュマロのビッ●(自主規制)どもだ。

だが。

「しゃーないなぁ。あげるわー」

「やったー!」

彼のだらしない笑顔を見ていると、勝手に体が動いていた。

靴箱の陰から出て、まっすぐに歩み寄る。漣が気づいて「ぎょっ」とした顔に変わり、ますます苛立《いらだ》った。

割り込むと、女子たちが反応する。

「え。何？」

「誰？」

表情が一変した。警戒と敵意。乙女から動物めいたものに。

「葵さん……」

漣がいつものごとく困惑している。

葵は次に取るべき言動がわからず、少し冷静さを取り戻そうとした。だが。

「何しに？」

何の用で来たのか、と彼が問うた刹那《せつな》——葵の瞬間的思考が駆け巡った。

バレンタイン。それだけチョコをもらっておきながら。わざわざ会いに来た私に向かって何をしに来たかってそんなこともわからな——

ぶちっ。葵はキレた。

だがそのキレ方はあまりにマグニチュードが高く、未曾有《みぞう》の威力ゆえ逆に理性のストッパーが緊急動作した。

結果、葵は首から上を紅蓮《ぐれん》に燃やし、ただ、背を向けて走り去った。

2

手近な通路に入るとスポーツ棟らしきところに迷い込み、よくわからない場所に出た。様々な建物が接した、在校生しか通らないような狭い道だ。

「庶民の女」

「なによ」

そこに、ひと組の男女がいた。

男子生徒は、天然パーマの傲慢《ごうまん》そうなイケメン。

女生徒は、これといった特徴のない素朴な子だ。

「庶民の女って、いいかげんやめてよね。私には、親からつけてもらったつく子って立派な名前があるんだから」

葵は二人に見覚えがあった。以前この学園を訪れたとき、まさしく今のように彼が絡んでいた。たしか、なんとか4《フォー》とかいうボンボンだ。

どうでもよかったので、葵はそのまま別方向に去ろうとする。

「……チョコ、あいつにやるのか？」

「あ、あんたには関係ない。旬《しゅん》くんとはそういうんじゃないし……」

女生徒がもじもじする。男子生徒はわかりやすく嫉妬《しっと》を見せ、女生徒を壁に追いつめ、ドンした。

「オレ様がもらってやってもいいんだぜ？」

漫画なら間違いなく大ゴマで描かれそうな雰囲気で言った。

「B４の大徳寺様にチョコを受け取ってもらえるなんて、本望《ほんのぞ》だろ？」

「ほんのぞ……本望《ほんもう》でしょ？　無理に難しい言葉使うから」

「だ、だまれ！」

「それにB４っていうなら、旬くんだってそうじゃない」

「！　お前、やっぱ旬にやるつもりなんだな⁉」

「ちがっ……ちょっ、放して！」

「――ダサ」

葵の低い声が割り込んだ。

男女がはっと振り向く。そして、怯《ひる》んだ。

葵がきわめて険悪な表情をしていたからである。その棘《とげ》は、男子生徒に向けられていた。

「この子が好きなら好きって、素直に言えばいいじゃない」

とたん、男子生徒が動揺する。その脆《もろ》く滑稽《こっけい》な様を見て、葵はなぜかとても苛々した。

「何が『もらってやってもいい』よ。莫迦《ばか》みたい。無理」

嗜虐的《しぎゃく》な感情が加速して、コントロールできない。

「でも残念ね？　この子は別の人が好きで、あなたのことなんてなんとも——いいえ、嫌いよ。やたらと絡んでくる嫌なやつとしか思われていないわ。なんて無様！　笑える！」

なぜだろう。自分はどうしてろくに知りもしない相手にここまで怒りを覚え、傷つけようとしているのか。

「て……てめえっ！」

男子生徒が摑《つか》みかかってくる。——利那、彼は以前同じことをした際の結果を思い出したふう。

だが遅い。

葵は半身で避けざま彼の手首をひねりあげ、逮捕術の要領で地べたに叩《たた》き伏せた。

「ぎゃあああああ!!」

腕の関節を極《き》め、ほどよいところで解放する。

男子生徒は悔しそうに葵を睨《にら》みつけ、それから女生徒を見て、唇を嚙《か》み走り去った。

去り方までやけに癪《しゃく》に障《さわ》ると葵が見送っていたとき、

「あの」

女生徒が戸惑いがちに話しかけてきた。

「二回目……ですよね？」

「そうね」

「えっと、前一緒だった人と会いに？」

「違うわ」

「……何かできることはありますか？」

「正門まで案内をお願い」

彼女に案内され、歩きだす。

並んで観察したところ、本当にこれといったところのない子だ。彼女の何があのボンボンを惹《ひ》きつけているのか、ぱっと見ただけではわからなかった。

「あなたも災難ね」

葵は言う。

「あんな輩《やから》に付きまとわれて」

「まあ……そうっすねぇ。いろいろありまして」

くだけた口調から嫌がっていることがあまり伝わらず、それが葵には不可解だった。

「嫌でしょ？　あんなひねくれた金持ちに粘着されるの」

むきになって返す。

「好きっていう気持ちこじらせてネチネチネチネチ、どうしようもない接し方しかできなくて。そんなことしたら嫌われるだけなのにね」

「うーん」

女生徒は考えるふうにつぶやき、

「あいつが私を好きかどうかはともかく、私的に嫌いまではないですよ」

葵は振り向く。

「……どうして？」

「いいところもあるって、知ってるんで」

わだかまりのない笑顔で言った。

わからない。

……まま、正門に着いた。


葵は門から少し歩いたところでタクシーを待っていた。

本当はじっと止まっていたくない心境なのだが、この学園は山の手にあり駅までは遠い。生徒たちも迎車やバイクで通うのが常だった。

道ばたに立ち、スマホを見ている。スマホは便利だ。こうしていれば周りに対して立ち止まっている言い訳になる。

——未羽になんて報告しよう。

トークルームの『がんばって！』を見つつ、後ろめたさがこみ上げる。親に怒られることが確定している子供の気持ちだ。

帰りたくないな、と思う。けれど空はそんな心をまったく汲《く》まずに重たく曇り、締めるように寒くなってきた。耳と鼻が凍え、立つ足に痛みが浸透してくる。

そのとき、目の前に黒いリムジンが止まった。

後ろのドアが開く。

タクシーを呼んでからまだ一分も経《た》っていない。ずいぶん早いなと近づいた刹那——

腕を引っ張られた。

驚くほど強い力。虚を衝《つ》かれた葵は、為《な》す術《すべ》なく車内に。

「——っ」

シートに背中を押しつけられ、一瞬で制圧されてしまった。声が出せない。

相手は、サングラスに黒スーツという出《い》で立《た》ちの中年男性。

感触で力量差を悟った。抵抗は無理。相手はプロだ。必要とあらばなんでもする。そんな怖《おそ》ろしい硬質さが伝わった。

ドアが自動で閉まり、車が出る。

何が起こったのか。

誘拐？

恐怖と混乱に血の気が引きながら、状況を把握しようとする。

広々とした車内。両側の窓にはスモークがかかり、外側からは車内が見えないだろう。

前席には運転手と……助手席に誰かがいる。

葵は、はっとなる。見覚えのある天パ。

こちらに振り返った。やはりあの男性――大徳寺だ。

「よくもオレ様に恥をかかせてくれたな」

目つきが違う。完全にキレていた。

車が傾斜を登り、何度もカーブする。

六甲のドライブウェイに入ったようだ。冬枯れの山に囲まれた道を粛々と登っていく。

人の気配がまったくない。

葵の体が警告を発する。こめかみと指先が針を刺すように痺《しび》れた。

「私をどうするつもり？」

ドラマみたいなことしか言えない自分がひどく情けなかった。心臓が嫌なリズムで動き、息苦しい。

「無事に帰りたかったら、今からオレが言うことに従え」

低い声に凶暴な揺らぎ。たやすく爆《は》ぜる未熟な危うさがあった。

葵は無事に帰れる可能性があることに一抹の安堵《あんど》をしつつ、注意深く続きを待つ。わずかに生まれた余裕が、何を命令されるのだろうかという新たな不安をもたらした。

「……言え」

大徳寺のぼそりと詰まった声。咳払《せきばら》いし、

「あの庶民の女に、言え」

葵は瞬《まばた》きする。まったくの想定外である上に、意味もわからない。

「……何を？」

聞き返すと、大徳寺が舌打ちした。

「決まってるだろ！　オレはあいつのことなんかぜんぜん好きじゃないってだよ！」

「………は？」

「は？　じゃねーよ！」

もどかしげに頭をかきむしり、

「オレがあいつを好きだって言ったのは間違いだったたって、今すぐ訂正してこい!!」

葵は茫然《ぼうぜん》となった。

かぶりつくように迫った彼の顔は、みっともないほど必死だ。

好きな相手に気持ちを知られるのが恥ずかしいというあからさまな態度。こんな大げさなことをして、それがおかしいとすら思えていない盲目具合。

「……なんだその顔？」

大徳寺が怪訝《けげん》そうに聞いてくる。

自分はいったいどんな顔をしているのだろう。あんまりにも可笑《おか》しくて、心の声がそのまま口に出てしまう。

「……私って、こうだったんだ……」

「あ？」

聞き返す彼を見つつ、葵はせせら笑った。

「莫迦みたい」

大徳寺の顔が真っ赤になる。

「てめえッ！」

身を乗り出し、襟を摑んできた。

そのとき、運転手の顔が小刻みに動く。サイドミラーとルームミラーを交互に見ている。

バイク。

鏡に、一台のバイクが映っていた。

車にぐんぐん近づいてきて……追い越す。

フロントガラスに姿が入った。

――！

すぐにわかった。

フルフェイスのヘルメットをかぶっていても、見慣れない搭乗姿でも、彼が誰なのか。

「漣……！」

さらに加速したバイクが車の正面に回り込み――けたたましいタイヤの音とともに急停止した。

葵の悲鳴と車のブレーキが同時だった。

ぐんと前に傾く葵を、サングラスの男がホールドする。その感触がいやだと思うくらいの余裕はあった。

大徳寺が鋭く舌打ちし、車を飛び出す。

「おい！　てめえ!!」

煽《あお》り運転の動画のように、殴りかからんばかりの剣幕で詰め寄っていく。

ライダーは落ち着き払った仕草でヘルメットを脱いだ。

やっぱり、漣だった。

「……大広？」

大徳寺は面食らい、だがすぐ元の表情になり、

「てめえ何やってんだよ⁉」

「こっちの台詞《せりふ》やわ」

呆《あき》れたふうに返す。

「自分、誰誘拐したんかわかってるん？」

「あ？」

「その子、SEホールディングスのご令嬢やで」

上流階級は格差に敏感だ。彼らにとって彼我の位置をわきまえることは、生き残りに直結する動物的本能と言っていい。

「……マジ？」

「マジや」

それが遺伝子のごとく受け継がれている大徳寺は、相手の格式に一瞬でひれ伏した。

「いっ、今すぐそのお方を解放して差し上げろ‼」

葵は、車外に出された。

凍りついて低頭しているサングラスの男と運転手を一瞥《いちべつ》もせず、漣の元へ行く。

どんな気持ちを持てばいいのかわからなかった。だが、

「いつからバイク通学だったの？」

という、どうでもいいことを聞いてしまった。

「先月から」

「言いなさいよ」

漣がいつものように苦笑した。

「誠に申し訳ありませんでしたっ!!」

大徳寺が地面に打ちつける勢いで頭を下げた。

葵は嫌なものを嗅《か》いだふうに顔をしかめ、無視した。これ以上関わっていたくなかった。

「葵さん。体とか大丈夫ですか」

「ええ」

「怖《こわ》かったですか」

「誰に言ってるの」

「ならよかったです」

彼と話していると、日常が戻ってきた心地がした。

「お手柔らかにしたってください。あいつアホなんです」

漣が大徳寺をフォローする。彼はいつでもやさしく、冷静だ。

「どうでもいいわ」

さっさとこの場を離れたいと思った。――と、瞳《ひとみ》の奥から懐《なつ》かしい痛みがこみ上げる。

涙が出た。

まるで手品のように一瞬で湧《わ》いて出て、自分でも戸惑ってしまう。

「……え……？」

うつむいて涙袋に指を添えたとき、目の前で風が吹いた。

漣が動いたのだ。

頭を下げたままでいる大徳寺の前まで歩いていく。

見間違いかと思った。

過ぎるさいに垣間見《かいまみ》えた彼の顔が赤く、おそろしくこわばっていた。

漣が大徳寺に何か声をかける。おずおずと頭を上げた彼を——拳《こぶし》で殴った。

——っ。

葵は息を呑《の》む。彼が他の誰かに手を上げるところなんて、見たことがなかった。

「早《はや》よ去《い》ね!!」

あんなに大声を出しているところだって。

茫然とする大徳寺の前に、サングラスの男があわてて立つ。ボディーガードやＳＰは、こういった突発的な事態においてまったく役に立たない。

大徳寺も、漣についての認識は同じなのだろう。最後まで何が起こっているのかわからない顔で、催眠術にかかったように従順に去っていった。

車のエンジン音が遠のき、山道に静寂が戻る。

ゆっくり帰ってきた漣は、気まずそうにまなざしを伏せていた。

「……すいません」

葵は、ぜんぜんいやな気分じゃなかった。

どうしてだろう。その逆だった。

「珍しいわね」

声がほんのり弾んでいる。

「あなたがあんなに怒るなんて」

「ですねぇ。……なんや、カッとしてもうて」

「どうして？」

理由を聞きたかった。その口から。

「そりゃ………」

「言いなさい」

「……葵さんが泣いたから」

胸であたたかな炭酸が弾《はじ》けるように喜びが広がった。

「……へ、へえ。私が泣いたからなのね。怒ったのなんていつぶり？　もしかして昔、私に対して以来じゃない？」

すると漣が、はっとなる。

「ああ――たしかにそうですね」

手で目許《めもと》を覆《おお》いながら、苦笑いと照れ笑いの半々を浮かべる。

「葵さんは、僕の心を揺らすんやなぁ」

リピートで聴きたい。とっさに思った。

刹那、ふたりの間にすぅっと白い粒が落ちる。

雪だった。

同時に空を仰ぐ。

一面の灰色に、これから降ってくるたくさんの結晶が影になって舞っている。

まわりは白く幻想的な、冬の情緒に包まれた。

「あー、降りそうではあったけど」

雪の中で楽しげにつぶやく彼を目に映しながら。

チョコをあげよう。

そんな気持ちにすんなりなれた。助けてもらったお礼にもなるし、とてもいい。

葵はバッグを開け、取り出したバレンタインチョコを漣に差し出す。

彼が、ひどく驚いた反応をする。

「……僕に？」

「あげるわ」

ラッピングの包みに、雪がひとつふたつと降りつむ。

漣はそれが気になったのだろう。ひょいっというふうに受け取った。情緒もなくてなんだかなぁという感じだった。

彼はチョコの箱をしげしげとみつめ、

「開けてええですか？」

「……いいけど」

反応を直接見たかった。

漣はさすが菓子職人らしく慣れた手つきでリボンを取り、包みを解いていく。

中の箱に、小さな封筒が添えられていた。

――。

葵は心臓が破裂しそうになった。そうだ、すっかり忘れていた。

「ん？」

止める間もなく、漣が気づいてしまった。

「えー手紙ですか」

無邪気に言うが、葵はそれどころではない。

あれは、ラブレターだ。

『バレンタインチョコには、オプションの秘密兵器がつけられるから』


未羽の伝授したオプションこそが、恋文だ。

直接言えないなら書いてしまえばいい。

渡してしまえば、もうキャンセルはできない。

それは古《いにしえ》より受け継がれてきた、不器用な男女のための最終兵器だ。

「なんやろー」

知らない漣はまだイベントを楽しむ態度でこちらを窺《うかが》ってくる。これまで手紙を渡したことはない。そのせいか、彼のテンションはいつになく浮き立っているように映った。

「もしかしてラブレター？」

冗談めかして聞かれる。そうとはまったく思っていないふうに。

葵は、肌に落ちる雪のひとつひとつが感じられるくらいに火照《ほて》っている。普段ならばむきになって否定していたかもしれない。

けれどここに至る非日常が、降る雪の美しさが、味方になった。

「……そうよっ」

本当に人の時間が止まるという反応を、生まれて初めて目《ま》のあたりにした。

あまりにも彼がそのままでいるから、

「読まないの」

と、自分から言ってしまう。

彼はようやく魔法が解けたように瞬きし、おずおずと、

「…………ほんまに？」

葵はもう何も言わなかった。

漣はまだどこか受けとめきれていない様子で手紙を開けようとする。何度も指を滑らせたり、箱を落としそうになったり、わかりやすくうろたえている。

こんな彼は見たことがない。いつも落ち着いていてテキパキと物事をこなす、有能そのものの人なのに。耳が赤くなっていたりする。

葵はもうその時点で嬉《うれ》しかった。

ラブレターを渡されて、こんなにも心を揺らしてくれる。自分にはそれくらいの価値があったのだと。

だから。

彼が読み終えるまで待つなんて、もどかしいと思った。

「へっ？」

漣が間の抜けた声を出す。葵が手紙を奪い取ったからだ。

うしたかった。

「漣」

おのずと下の名前で呼んでいた。今までは「大広」だったけれど、ほんとはずっとそ
「好き」

告げた瞬間、過ぎていく時の感覚が変わった。

「ずっとずっと……あなたのことが好きだったの」

落ちる雪の速度が、わずかに緩やかになって見えた。

彼はこちらをみつめたまま何も言わず、しばらくして白い息を、洩《も》らした。

「……ごめん、頭が追いついてなくて」

手で頭の後ろを押さえながら。

「今までずっと嫌われてるんやと思ってて……その……なんやろ」

それきり言葉を探す長い旅に出てしまう。

と――彼の姿がさっきより見えづらくなった。

雪の密度が濃くなった。

「あかん」

漣が我に返って空を見渡す。

「バイクで帰れんようなる」

素早くバイクの元へ行き、葵の前まで取り回してきた。

「とりあえず、うちに行きましょう」

六麓荘町《ろくろくそうちょう》にある彼の家は、ここから近い。

なんだか曖昧《あいまい》にされてしまった気もしたが、たしかに状況はもっともだ。葵はうなずいた。

「これ」

漣が予備のヘルメットを渡してきた。

なぜそんなものがあるのか追及したい衝動に駆られたが、ぐっとこらえた。これもある意味雪のおかげだった。

「風、冷たいんで」

彼が着ていたダウンジャケットを脱いで差し出す。

「でも――」

「着てください」

後ろに回り込んで、強引に羽織らせてきた。

大きくてふかふかなそれに腕を通すと、あたたかさに包まれた。こんなに幸せな服は初めてだった。いつか幼い日にかぶった毛布、あれにときめきを加えたような……。

エンジンがかかる。

「しっかりつかまってください」

葵は彼の腰に腕を回す。見た目の印象とは裏腹に、どっしりと硬かった。

「滑らんよう、ゆっくり行きます」

こんな感触なんだと知った。今まで彼にここまでちゃんとふれたことはなかった。

「そうね。――ゆっくりがいいわ」

そのとおりにバイクは山道の勾配《こうばい》を丁寧になぞっていく。白く息をすると、彼のにおいがした。

「葵さん」

フルフェイス越しの声も、くっついているせいかよく響いた。

「……ゆっくりで、ええですか」

彼の言葉に、葵は瞳の色を深くして……腕にそっと力を込める。

「……ええ。ゆっくりでいいわ」

二人のバイクが山を下っていく。

やがて平らな道に着き、新たな道を上り始めるのだろう。

quatre

ポン・ヌフ

　それは、春の出来事だった。

　末羽にとって生涯忘れることのないだろうこの日の思い出は、ほとんどの場合、学食での昼休みから語られる。

1

「大学決めた？」

　悠希がミートスパゲティをフォークに絡《から》めながら聞いてきた。

　学食はいつものように賑《にぎ》わい、ほんのり出汁《だし》の香りがかすめる。新年度早々の浮き立つ気配がまだ半分くらい残っている、そんな時期だ。

「ううん、まだ」

　末羽は親子丼《どん》を頬張りつつ短く答える。飲み込んで、

「悠希は？」

「慶應《けいおう》の文学部を受けようと思ってる」

「──おお」

具体的かつ攻めた即答に、目を瞠《みは》った。

未羽たちが通っている池上高校はそこそこの進学校で、ＭＡＲＣＨあたりが相場と言える。慶應も毎年実績があるけれど、悠希の成績だとそれなりの努力が必要なはずだ。

そういう気配をまったく感じていなかったので、正直意表を突かれた。

「理由を聞いてもいいですか」

「それは──これといった目標がないからです」

「え？」

聞き返すと、悠希が微妙に表情を緩めた。

「大学って、パスチケットじゃない」

と。

「就職のパスチケット。いい大学に入るほどグレードが上がって選べる範囲が広がる。上等なエリアにアクセスできるようになる。でしょ。今これといってやりたいことがないなら、とりあえず選択肢を広げておくのが最善じゃない」

未羽は納得した。そういうことを考えたことがないわけではなかった。

「たしかに」

「でしょ」

「でも慶應はちょっと意外かも。それで言うなら悠希は早稲田《わせだ》の感じっていうか」

未羽も詳しく知らないだけに、慶應は派手なイメージがある。

悠希は言われると思ったというふうに苦笑いし、水の入ったコップをもてあそぶ。

「慶應ってOB強いらしいし、それに……そういう環境に身を置いてみようかなぁって。今までとぜんぜん違う、華やかなとこ」

そこに浮かんだのは、正月の影だった。

長い片想《かたおも》い、少女時代の終わり。あの日から未羽はずっと目にすることはなかったけれど。

「そしたら何か、変わるかもしれないじゃない？」

影は引っ込み、前を見ようとする明るい瞳《ひとみ》が捉《とら》えてきた。

未羽は感じ入ってしまう。友達はしっかりとこれからのことを考えていた。進路だけでなく、自分自身とも向き合っている。

そのとき、学食に入ってきた女子グループが視界に入る。

藍色《あいいろ》のリボン、みんな顔が驚くほど幼くて初々《ういうい》しい。四月に入ってきたばかりの一年生だ。

ふいに実感した。自分たちはもう、出ていく側に回りつつあるのだと。

かつてあそこにいた。そのときに三年生だった先輩たちがいて、次の年にいなくなった。

　そういう巡りゆく流れの、自分たちも一部なのだと、去り際《ぎわ》が見えてきた今になってわかった。

「……わたしも考えなきゃ、だね」

　未羽はつぶやき、親子丼を食べようとした。取っておいた鶏肉《とりにく》に、なんとなく箸《はし》が伸びない。

「一緒に受けない？」

　悠希が言った。

「私の行ってる塾、早慶に強いんだ。それもあって。専門のコースも、今から入れば間に合うって」

　おそらくこれが、この会話のコンセプトだったのだろう。

「慶應行こうよ」

「慶應かぁ……」

「第二志望は青学で」

「あはは、明快だね」

　悠希と塾へ行き、同じ大学に入るため一緒に受験勉強をがんばる。それは高校最後の一年の過ごし方として文句のつけようのないものに感じられた。

そう感じると、意思がみるみる形をもって固まってくる。

「えー学部どうしよう」

学部と偏差値を調べようとスマホを取り出す。

画面を開くと、SNSの通知があった。スイーツの投稿に反応があったという旨《むね》だ。

ひっそりとやっている趣味垢とはいえ、投稿すれば少ないながらいいねはつく。珍しいことではない。

だが……違和感があった。

うまくは言えないが、いつもと違う感触がした。

未羽は引き寄せられるように通知をタップし、アプリに飛ぶ。

「っっ⁉」

変な声が出た。

「ど、どうしたの？」

心配する悠希に答えることもできず、画面を凝視する。

信じられない数のいいねがついていた。

普段と桁《けた》が違いすぎて、脳がすぐに追いつかない。不具合か他人のアカウントかと思ってしまう。

でもどうやら、そうじゃない。

未羽は悠希にスマホを見せた。

事態を確かめた悠希が、短く息を吸う。

まわりの音が聞こえなくなった。この四・七インチが世界のすべてになったような視界で、親指を動かす。

「――っ」

しゃっくりみたいに痙攣《けいれん》した。

未羽も知っているモデルが、投稿にリプライしていた。それがきっかけで拡散に次ぐ拡散が起こり、このバズ状態に至ったらしい。

颯人と先週末に行った店。たしかに映えるスイーツで、いい写真が撮れたとは思った。思ったけど。

こうして二人でみつめている最中も数字がぐるんっと増えていき、通知が止《や》まない。

未羽は突然のことにただただ戸惑っている。だが――

「ついにきたか」

親友の声は、その思いとは別の響きだった。

「……え？」

振り向くと、悠希が不敵な笑みを浮かべながら言う。

「いつかあるかもなって思ってたよ、私は」

2

接客をするとき、未羽はひとつ決めていることがある。

「なんといっても、ピレネーです」

お客様にお勧めを聞かれたときは、必ず一番人気の鉄板を答える。

当たり前のように思えるが、未羽の経験上、これをしないケーキ屋が実に多い。

たいてい、季節限定から勧めてくるのだ。これはいけない。

お勧めを尋ねるお客様は十中八九、初来店。彼らが知りたいのはその店で「最も美味《おい》しいと評価が定まっている看板《スペシャリテ》」であり、「店が今押しているもの」ではないのだ。

さらに乱暴なことを言ってしまえば、新作や限定メニューとはいわば実験作の側面もあり、必ずしも美味しいわけではない。もし成功した品なら定番、レギュラーメニューの位置に昇格しているからだ。

未羽も客として数多《あまた》の店を訪ね、しばしば「そうじゃない」ともどかしくなってきた。だから自分の客には決してそんな思いをさせたくない。

「当店のパティシエが開発した、ピレネー山頂の雪のごとく口の中で秒で消えるケーキです。あまりに軽く繊細なためテイクアウト不可。イートイン限定の逸品です。お客様はテイクアウトかと存じますが、ちょうどいま席が空いて、ピレネーも残っている。正直こんなタイミングはめったにないので、お時間あれば絶対召し上がって頂きたいです」

推しが強すぎるという説もあるが。

店員にそこまで言われてなびかない客はほとんどいない。しかも未羽の親しみやすさと熱が伝わり、この二人組の女性客はノリノリで注文し、席へ向かった。

いい仕事をした……と、未羽はありもしない額の汗を拭《ぬぐ》う。

次から次へと来店する客をばっさばっさと捌《さば》いているバイト中は基本無我夢中で、他のことは考えない。

でも、今日だけは違った。

ちょっとした隙《すき》ができるたび、スマホを見たい欲求がこみ上げる。

こうしている間にも、いいねやコメントが増えている。それを早くたしかめたいと。


普段よりも長く感じたバイトが終わり、控え室へ。

すぐにスマホを見た。

山と積もったリプライに、えもいえぬ充足感に包まれる。自分の投稿についた圧倒的な数字や言葉が快感をもたらす。たぶんギャンブルに勝った人はこんな状態なのではないだろうか。

コメントを読んでいき……にやける。

また、嬉《うれ》しいフレーズをみつけた。

『言葉のセンスがある』

表現が独特。文章力。

そういうコメントの文字だけ、太くなったように映る。


『未羽の食レポ、面白いもん』

昼休みに聞いた悠希の声が、耳の奥でこだまする。

いつかあるかもなって思ってたよ——不敵に言った悠希は、そう続けたのだ。

『言葉が独特だし、なんか熱が伝わってくる。センスあるなって、ひそかに思ってた』


そして。

『そういうライターとか向いてるんじゃない？』

その瞬間が――……ずっと響いているのだ。

さらにコメントにも同じような評価がぽつりぽつりとあって、それが自分の中でものすごい効率で積もってきていた。

コンコン。

ノックが鳴り、「未羽ちゃん、いい？」と青山の声がした。

「どうぞっ」

コックコートを着たままの青山が入ってくる。その手にA4サイズの紙を持っていた。

「シフト表。よろしくね」

「あっ、はい」

紙には、エクセルで作図した二週間分の日付と空欄がある。バイトを始めて一年、もう何度も受け取った恒例行事だ。それをスマホのわきにぺらりと置いたとき、

「バズってたね」

青山が言った。趣味垢を知る身内の一人だ。

「いやー」

未羽は頭に手を置く。

「写真がよかったんですかねー？」

「それもあるだろうけど、未羽ちゃんの食レポ、いいからね」

胸がきゅんと、恋とは違う弾み方をする。

正直、そういう言葉を期待していなかったわけではない。

「えーやめてくださいよー、あんなのぜんぜんですよー」

浮かれて、ついもっとほしがってしまう。

「本当だって。言葉のセンスが独特でいいと思うよ」

さすが青山は大人で、そういう未羽の心がわかりながらきっちり言ってくれる。未羽は自尊心をおおいに刺激され、おどけを交えつつ、

「マジですかー。これはわたし才能あるなー。実は悠希にもライター向いてるんじゃない？　とか言われて」

「未羽ちゃん、ライターになりたいの？」

「そりゃ、なれたらいいですけど――」

「紹介しようか？」

「へ？」

「編集さん。いい人知ってるよ」

空まで膨らんでいたテンションが、ひゅっと平らになった。

「いやいや、わたしみたいな高校生、相手してくれないでしょ」

「そうでもないみたいだよ。Ｗｅｂ媒体の人なんだけど、そういうこともあるって言ってた。紙と違って自由だって」

青山の目は、本気で紹介しようとしてくれている色だった。

――。

「いやいやいやっ！」

未羽は後ろに退きながら、大げさに手を振った。

「そんな、おこがましいというか……」

声が尻切《しりき》れになる。

青山は穏やかな微笑《ほほえ》みで包む。

「そう。もしその気になったらいつでも言って」

「は、はい」

青山が出ていき、ひとりになった未羽は細く息をつく。退いたせいで、ソファと背中が痛いくらいにくっついている。

逃げたのだ。怖くて。

今の状態が急に変わるにおいがして、未羽は反射的に怯《おび》えてしまったのだった。

着替えを終えて廊下に出ると、すっかり嗅《か》ぎ慣れた人工的な臭《にお》いがした。

半端《はんぱ》に甘いビニールを溶かしたような、曖昧《あいまい》で、けっして快くはないそれ。

アメ細工の特訓が始まる合図だった。

未羽は厨房《ちゅうぼう》へと向かう。

颯人がコンロの前に立っていた。

火にかけた鍋《なべ》には、透明でわずかに粘り気のある液体がぐつぐつと煮えている。

あれが臭いの元。イソマルトという人工甘味料だ。砂糖よりも扱いやすいことから、近年のアメ細工では主に用いられている。

調理台に並べられたものは、営業中とはまるで違う。

古いSFロボットみたいな銀のヒートランプ、様々な形をしたぷよぷよのシリコン型。あの型はアメを流し、作品のパーツ部品をこさえるためのものだ。選手が、作品のために自作する。

コンクールに向けたアメ細工の準備は、大まかに言うと以下の流れになる。

まず与えられたテーマに合ったデザインを考え、紙のスケッチを重ねる。

デザインがいいものにならないと後の努力がすべて報われないので重要なタームだ。

現実に作れる設計か？　必要な技術は？　といったことも考慮しないといけない。

デザインが決まれば、次は部品の用意だ。型取り用のシリコンペーストを買い、自分の作品のための、オリジナルの型を作っていく。

コンクールに出る菓子職人はいつも「型どりに使える面白いデザインのもの」を探していて、東急ハンズなどの雑貨屋に足繁《あししげ》く通っている。颯人が以前、未羽の家にあるアンティークランプの型取りをしたこともあった。

デザインと素材が揃《そろ》えば、あとは制作だ。

ここもすんなりとはいかない。

うまく組めなかったり、作ってみると思ったほどよくなかったり、本番の制限時間を大幅にオーバーしていたり、次々と出てくる課題を修正しながら、毎日試行錯誤を繰り返し、ブラッシュアップしていく。

そして本番の日に向け、自分自身をピークにもっていくのだ。競技中、体が練習どおり自動的に動くレベルまで。

それは、大会を目指すフィギュアスケートや体操の選手によく似ている。そう、コンクールに出る菓子職人たちは、まさしく彼らと同じアスリートなのだ。

そんな颯人の夜が、今日も始まろうとしていた。

「…………」

おつかれ。

未羽はそう声をかけようとして――できなかった。

彼の集中を高めたうしろすがたを見ていると、とても妨げられない。

その気持ちを自覚したとき、未羽の胸には切迫がわく。近頃、彼といるとだんだん強く抱くようになってきたもの。

ひと言で表すと、焦燥。

自分はこのままでいいのかという思い。

感じながら立ち尽くしていると、颯人が気づいて振り向いてきた。

未羽はとっさに笑顔を浮かべ、

「おつかれ」

「ああ」

「あと二週間くらいだね」

ゴールデンウィークに本番――代表決定選がある。

一次審査を通過した全国の菓子職人たちが東京の会場に集い、課題を制作。すぐに審査され、夕方には代表が決まる。

「調子はどう？」

「問題ない」

選ばれる代表は、たった一人だ。

部門ごとに一名。彼よりキャリアが長く、同様に努力を続けている全国の猛者《もさ》たちの頂点に立たなければならない。普通なら不安になる。そんなに大勢の中で優勝できるだろうかと。

だが彼は、そういうものがまったくないのだ。

疑いなく思っているから、他の参加者が何人いようと関係がないのだ。

『自分の力が出せれば、俺が一番だ』

「自分の力が出せればって感じ？」

未羽が聞くと、颯人がちらりと見返してくる。

そうだ。目が言った。

日本一は当然の通過点。自分が摑《つか》むのは世界一。そこに手が届く感触をリアルに持っている。

そんな彼をずっと見てきた。すごいなぁと単純に仰いできたけれど。

「……がんばってねっ」

未羽は話を切り上げた。そそくさと帰ろうとしたとき——

「すごいな」

颯人が話しかけてきた。

「へ？」

「投稿」

バズった件はもちろん、彼にも報告ずみだ。ＬＩＮＥでは既読スルー（よくある）を決められたが、ここで初めてふれられた（あとで直接言えばいいだろの精神。よくある）。

「ね？　もーわけわからんって感じで」

応《こた》えながら未羽は、はたと気づく。なにげなく過ぎてしまったが、さっきの彼の言葉は傾聴すべきものだった。

すごいな。

そう言ったのだ。

あの颯人が、自分に。

それはたぶん、いや、きっと間違いなく、初めてのことだった。

時間差で痺《しび》れる未羽の向こうで、彼は沸騰《ふっとう》したイソマルトに着色料を振りかけている。

「……颯人にすごいって言われたの、初めてだよ」

ほんの一瞬、彼の動きが止まる。だがすぐに鍋を火から下ろし、鮮やかな緑に染まったイソマルトをシリコンの型に流し込む。

「普通にすごいだろ」

やや気まずそうにしつつも、彼は認める。評価すべきものはしないと公正でないと考えるたちなのだ。

「いや、ああいうのは、たまたまだから」

未羽が謙遜《けんそん》すると、颯人がむっと眉間《みけん》に皺《しわ》を寄せた。俺様の評価にケチをつけるのかと言わんばかりに。

「コメントにもあっただろ。お前の表現は独特で、光るものがある……」

作業中だからだろうか。彼の言葉は照れもごまかしもなく、ぶっきらぼうだけど、素直だった。

それが――とどめになった。

火がついた。

未羽の中に、いくつも重なった人の言葉が薪となって、それがかっと燃え始めた。

「……っ！」

次の瞬間、未羽は動いていた。

背を向け、元来た道を引き返す。

廊下を早足で、短い距離さえ最後はもどかしくなって、ちょっと駆け足で――青山のいるオーナー室へ。

熱い。ただそうしなければならないという衝動が稲妻のごとく満ちている。

誰かに褒められることで芽生え加速する。誰かの心ない言葉によって生まれかけのものが潰《つい》える。夢とはそういうものだ。上手だね。向いてるんじゃない。たったそれだけの言葉と出会えるだけで、始まる。

「青山さんっ！」

ドアを開けると、帰り支度をしていた青山が不思議そうな表情で迎える。足音が聞こえていたのだろう、驚いてはいない。

「どうしたの？」

「あのっ、さっきの話……」

どきどきと心臓が跳ねる。飛び込み台に立っているような。恋とは違う拍動。

「編集さんを紹介してくれる話……お願いします！」

青山は驚いたふうだった。しかしすぐ、未羽をみつめるまなざしが深く澄む。何か貴重な瞬間を捉えた大人のそれだった。

「わかった。すぐに伝えておくよ」

自分の真剣な思いを、大人がきちんと受けとめてくれたのだということが伝わってきて、未羽は涙が出そうになった。

「ありがとうございます！　よろしくお願いします！」

全力でお辞儀して、部屋を出る。

廊下を歩くと、体の奥から興奮が迸《ほとばし》ってきた。熱せられた空気でぱんぱんに膨らんで、このまま浮き上がっていきそうだった。

厨房に戻ると、颯人がこちらに目をやり——顔ごと向けてきた。

「……どうした?」

彼が尋ねるほど、さっきまでの自分と違うらしい。

そうだろうとも。

「えへへ。なんでもない」

もう少し内緒。こんなに嬉しい隠しごとは初めてだ。

颯人と向き合う心地が、ぜんぜん違う。とても晴れやかで、なんなら胸を張りたいくらい。

これでいいのだ。

心からそう思えた。

3

未羽はZoomのカメラに自分を映しながら、身だしなみを入念にチェックしていた。前髪はもちろん、スマホの角度をコミックや参考書を積んだ台に置いて調整する。光の当たり方、解像度。

——補正は入れた方が……いや、ありのままの方が印象いいかな。

机の前でそんな試行錯誤を繰り返しつつ、また時計を見る。

19：59
あと一分で、編集者との打ち合わせが始まる。

未羽はカメラの設定画面を閉じ、メールに切り替えた。

そこには智田《ともだ》という差出人の名が書いてある。Web情報サイトの編集者。

青山から連絡を受けたという簡単な挨拶《あいさつ》と、まずは打ち合わせということでZoomミーティングの予約URLが貼《は》りつけてあった。

「…………」

あと一分が長くて、足の付け根がムズムズする。ただでさえこういう間は緊張するのに、相手はプロの編集者だ。もちろん人生初。高校生の未羽には遥《はる》か高みに感じる相手だった。

20：00

時間だ。URLをタップした。

ホストがまもなくミーティングの参加を許可するという表示が出て、顔が熱くなった。つながっている。相手はもう、向こうにいる。

未羽は姿勢を正す。髪を触ろうとし、すんでのところで自重した。さっきさんざん確認したのだから、今がベスト。

黒い背景に、二つの画面が浮かんだ。

自分の顔と、そして――

『……あ、どうも。聞こえますか？』

「は、はいっ、聞こえます！」

三〇代の男性。おしゃれな丸眼鏡とサブカルっぽい顎髭《あごひげ》。俳優の松田龍平に雰囲気が似ていた。

「はじめまして、有村と申します！」

返事がない。智田の映像がフリーズしている。

「……あの、聞こえてますか？」

少し間があって、

『聞こえますよ。智田といいます』

「今日はお時間頂いて、ありがとうございます」

またフリーズした。

「智田さん、あの――あの、聞こえてますか？」

『あれ。つながり悪いですか？』

「……そう、思えます」

『ホテルだからかな』

「今ホテルなんですか？」

『ええ。全国のアパホテルに泊まるっていうのをやってる最中なんです』

「それは……お仕事でですか？」

『いや、なんとなく。仕事もリモートでできるようになったし、いま長期滞在安いんで、回ってみようって』

やはり編集者というのは変わった人が多いのだなと、未羽は思った。

智田が料理教室の帰りであるという話を聞いているうち、通信は安定した。

『バズった投稿見ました。それ以外のも、ざっと』

「！　あ、ありがとうございます」

『直後のタイミングで青山さんから連絡来たんで、ちょっと驚きました』

「そうだったんですか……」

すごく感想が聞きたい。でも自分からは言い出せない。

気づくと、手のひらの汗がすごいことになっていた。

『有村さんは普段、どんな媒体を見てるんですか？』

面接が始まった——。未羽は悟り、一瞬で心をこわばらせる。

「き、基本的にはインスタとか……」

どきどきして、焦《あせ》る。何かもっと出さないと。「とか」っていう言い方もまずかったかもしれない。

「他には、お店に届く『GÂTEAUX《ガトー》』を読んでます。あとはネットの記事やファッション誌をたまに……あっ！　それから、彼氏がパティシエなので、彼の勉強を兼ねて毎週いろいろなお店に行っています」

けっこう言えたのではないか。

『なるほど』

智田の手応えが読めない。煙草《たばこ》でも吸っているような曖昧な無表情。

『ライターをやりたいって思ったのは、なんで？』

「……それは」

言葉に詰まる。

自分の中で『ライターになる』という夢はまだ芽生えたばかりの脆《もろ》くやわらかなものだということに直面する。編集者に堂々と語れるような確固たるものなんて、まだない。

けれど。

「友達や彼氏に投稿の文章を褒められて……」

それでも、あるだけのものを言わなくてはいけない。

「向いてるんじゃないかって言われて、わたし自身、昔からずっとケーキが好きで、それに関われたらいいなって思うから、それならやってみたいって」

充分に固まっていなくても進まなくてはいけないときの方が、人生には多い。

話し終えて、未羽は自分が剝《む》き出しになったような心細さを覚える。

スマホの画面に映る智田は、あいかわらず読めない無表情のままこちらを見て——

『じゃあ、やってみましょう』

あっさりと言った。

『記事を二本書いてもらいます』

「へ？　あの……二本？」

頭が追いつかない。

『はい。内容は……』

未羽はあわてて用意していたボールペンとメモ帳を持つ。

『一つは、有村さんの「一番の推しスイーツ」。もう一つは「ファミレスの新作デザート」です。この二本の記事を書いてください』

「…………」

メモした文字が揺れている。

〈一番の推しスイーツ　ファミレスの新作デザート〉

ずしりと重く、映った。

ただの高校生である自分が、やっていいものなのだろうか。

「……あの、智田さん」

おそるおそる聞く。

「こんなこと言うの変なんですけど……本当にわたしがやっていいんでしょうか？」

『うちはＷｅｂだから、けっこうざっくりしてるんです』

そう言ったあと、智田が初めて笑顔を浮かべた。

『最悪ボツにすればいいだけなんで、気楽にやってください』

薄情さと爽《さわ》やかさが半分ずつ混じった、味わい深い笑顔だった。

4

既読がつくはずなんてないと、わかっていた。

二〇時半。颯人は今ごろ厨房で特訓の真っ最中だ。

話したいことがあるから、読んだら電話してほしい。

そんな内容で送ったＬＩＮＥが、宙に浮かんだままのように表示されている。しょうがない。

そう諦《あきら》めた未羽は、代わりとなる行動の選択肢を考える。

先に悠希に伝えようか。

その前に何か飲み物でも。一階に下りれば家族の誰かがいる。そこで報告する。そうしたら秒で全員集まって、賑やかな団らんが始まるだろう。未羽が新たに抱いた夢を祝福してくれることに疑いの余地はない。

そんな楽しく面映ゆい時間を過ごして風呂《ふろ》にでも入れば、颯人の特訓も終わるかもしれない。

いや、まだだ。いつも零時を回るのだ。学校は寝るための場所になりつつあると、スポーツ特待生みたいなことを言っていた。

じゃあ颯人には、明日学校で。それとももう、LINEで送ってしまった方がいいだろうか。

……

――っ！

未羽はハンガーに掛けていたトレンチコートをつかみ取り、袖《そで》を通す。スマホとバッグを取って部屋を出た。

玄関に下り、コンバースを履いて問答無用で家を飛び出す。

「ちょっと店に行ってくる！」

冷たい夜気が顔にぶつかる。朝夕はまだまだ肌寒いけれど。

春の夜に、未羽は駆けだす。

一番最初に伝えたかった。

この温度がそのまま残っているうちに、直接会って言いたかった。

どんな表情をするんだろう。

なんて言ってくれるんだろう。

暗く静まりかえった目黒区八雲の住宅地に、ふわり、と浮かび上がった店がある。

厨房の灯《あか》りだけが洩《も》れたモンスールガトーの建物は、半透明に光るアンティークの箱のよう。幻想的な秘密の場所に映った。

未羽は『CLOSE』の札がかかったドアの前に立ち、ノブを回す。

ガチッ。鍵《かぎ》がかかっている。

店の奥、厨房のガラスの向こうに、作業中の颯人が見えた。

「……！」

未羽は手を振ってアピールした。

気づかない。

ぴょんぴょん跳ねた。

やっと気づいた。

未羽はドアノブを指し、開けてとアピールする。

颯人はそれを見届けたあと――何もなかったように作業に戻った。

――あいつ⁉

未羽は声を出したいのを我慢しつつ、手を振り、飛び跳ね、ノブをガチャガチャさせて抗議のアピールをした。中に入れてもらおうと必死の彼女と、無視する彼。端から見ると修羅場の光景である。

しばらくして颯人が手を止め、ようやく厨房から出てきた。

店のドアを開けた彼は不機嫌さと怪訝《けげん》さを隠そうともしなかったが、作業中の彼がハリネズミであることを承知している未羽は怯《ひる》むことはない。

「……忘れ物か？」

「ううん。実はね、ちょっとご報告があって」

気が昂《たか》ぶっているせいで「ご報告」なんてうわずった言葉を使ってしまう。

「なんだ」

「えへへ」

とごまかし、中に入る。

首を傾《かし》げる颯人を伴い、そのまま厨房へ。

調理台には、極彩色の鳥の羽根が並べられていた。

たくさんの型取りした羽根、アメを蔓《つる》のように引いて切ったトサカと尾羽。

課題のテーマ『自然』にちなんだ、木にとまる楽園の鳥。今作最大の見所となっているオブジェだ。

「ごめん、これやってたんだね」

アメ細工は、熱で軟らかくなっているアメを変形させることが作業の多くを占める。故《ゆえ》に手を離せないタイミングというものがあった。

「五分前ならキレてた」

「ごめんて」

颯人は調理台に戻り、鳥の胴体を手に持つ。これから羽根をつなげていく工程だ。

「鳥、どんな感じ?」

未羽は聞く。試行錯誤を繰り返している難所だと知っていた。

「だいぶよくなってきた」

まだ満点ではないらしい。

颯人はひとつ息をして、集中のスイッチを入れる。羽根の接着を始めた。パーツを溶かしたアメでくっつけ、コールドスプレーで固定。

細かな部品の組み立ては、彼の最も得意とする技術。みるみる進み、鳥らしくなってくる。

未羽は作業の落ち着く呼吸を読んで、切り出す。

「……どうしても直接、言いたくてさ」

「なんだ」

颯人は羽根の角度をたしかめながら聞く。

「わたし、スイーツの記事を書くことになったんだ」

颯人の手が止まった。

こちらを見る。

「ちゃんとしたＷｅｂの媒体で。青山さんから編集者を紹介してもらって」

未羽は胸に手をあて、鼓動が走る勢いのまま言った。

「――ライター目指そうかなって、思ってるの」

宣言した。

厨房にある様々な機器のうなりが聞こえる。沈黙が、白々とした蛍光灯とステンレスに支配された空間の隅にまで染《し》みた。

颯人は鳥のオブジェを置き、ゆっくり体ごと、正面に向いてきた。

「そうなのか」

「うん」

どんな反応をするだろうかと目をこらす。

何も言わずみつめてくるまなざしに、驚きはあった。けれどそれ以上に――「理解」が存在した。

これまでけっして向けられたことのない色だった。

友達でも恋人でもなく、同じものを持つ相手として認められた感覚がした。

未羽はそれが嬉しくて。

「……最近ね、がんばってる颯人を見てると、なんかつらかったの」

溜《た》めていたものを打ち明ける。

「胸がぎゅっとなって、わたしこのままでいいのかなって、あせって……」

颯人が唇を意外そうな形にする。

「そうだったの。だって颯人にはしっかり夢があって努力してるのに、わたしにはなんにもないなって思ってたから」

「そんなこと……」

俺は気にしない——そういうことを言おうとした響きだった。

「でも、わたしもみつけたよ」

言いながら、誇らしくなる。

「わたし、颯人とちゃんと並びたかったんだ。これでその一歩が踏めたのかなっていうのが嬉しくてさ。だから……会って、一番最初に、伝えたかったの……」

心が震えて、涙が出た。

颯人はほんのわずか躊躇《ためら》ったあと——抱きしめてきた。

あいかわらず見かけの印象よりずっとたくましい腕と胸板で包んできた。

「応援する」

その熱い声に、また溢《あふ》れて、落ちる。なんとも心地のいい涙だった。

調理台に置かれた鳥。

未完成のものだけが刹那《せつな》に纏《まと》う特有の美しさで光っていた。

5

そして、取材の日が来た。

未羽は放課後、いつもと違う電車に乗っている。

入試の朝だって、こんなに気合いは入っていなかった。

颯人とのデートに向かうときとも違う、わくわく感。

学校ではいつものように過ごしながら、このあと「取材」に行くのだと思うと自分が少しだけ特別になったような心地がした。

智田の会社があるという飯田橋《いいだばし》駅で降りた。

西口の改札から出ると、見晴らしがよい。川沿いにある街はすっきりと小洒落《こじゃれ》て映った。橋の向こう側に神楽坂《かぐらざか》が延びている。

未羽はその反対側の、九段の方向に歩きだす。

ミルクスタンドや白湯ラーメンの店などを通り過ぎると、ほどなくファミレスチェーンの黄色い看板が目に入った。

店内へ続く階段のわきに、ラフなシャツを着た丸眼鏡の男性——智田がスマホを手に立っていた。

未羽は駆け寄る。だがなんと挨拶するのが正解かわからず、

「おはようございますっ」

と。業界ではこうなんじゃないかという気がして。

智田は瞬《まばた》きしたあと、ゆっくりとこちらを向く。

「お疲れさまです」

Ｚｏｏｍと同じ、淡々とした表情で返してきた。

自意識過剰になっている未羽は、挨拶をそれとなく修正されたような気がして、いきなり恥ずかしくなった。

「じゃあ、入りましょうか」

「よ、よろしくお願いします！」

階段を上りつつ、未羽は積極的に話しかける。

「今日はありがとうございます、お忙しい中付き添って頂いて」

「まあ、最初だから」

本来こういった取材はライターが一人で行うことが大半なのだという。インタビュー、記事の執筆、写真の撮影まですべてをこなす。

店に入ると、店員に席へ案内された。

空《す》いている。ちょうどこの時間帯は、業界用語で暇な時間《アイドルタイム》と呼ばれる。

ファミレスはかなり久しぶりだ。未羽にとっては価格や雰囲気から日常使いにはなりにくい。イベントの後にみんなで寄るちょっと特別な場所という感覚だ。

席について、そんな話を智田にした。テンションが上がりすぎて、ついしゃべってしまう。

智田は「そうだよね」と応えた。画面越しの印象よりも細身で、背が高い。

彼が季節のデザートのメニューを取り、テーブルに広げた。

「わあ……！」

未羽は思わず声を上げる。

「ほんとに『ゴダーヴァ』とコラボしてる……」

ベルギー発の高級チョコレートブランド。分野のはしりとして圧倒的な知名度があり、今や全国各地の駅前に行けば手に入る比較的身近なものとなっていたが――ファミレスデザートというコラボ登場はインパクトがあった。

しかも、ちゃんとしている。

パフェをはじめスイーツの見映えは素晴らしく、ブランドのリッチさがきちんと表現されている。メニューにはゴダーヴァのトップパティシエの写真と、彼が監修した旨《むね》が書かれており、このコラボにかけた気合いがひしひしと伝わってきた。

「ファミレスのスイーツって、ここまできたんですね……」

未羽はいっとき取材であることも忘れ、目を輝かせながら写真をみつめる。

パフェ、パンケーキ、フレンチトースト。もう、ぜんぶ食べたい。

店員が水を運んできたタイミングで、智田がパフェとパンケーキを注文した。

「そういえば、取材の許可ってやっぱり取ってるんですか？」

「いや。インタビューのない記事は、勝手に来て勝手に書くって感じだよ」

「そういうものなんですね」

「で、ライターにまず決めてもらうのは『タイトル』と『写真』」

智田がシームレスに業務指導に入り、未羽は急いでメモ帳を広げた。

「記事のタイトル。最初の太字の見出しあるでしょ？　あれ超重要だから。おっ、て読みたくなるような、有村さん自身が実際そうなったものとかを参考に出してください」

「は、はい」

「それと、トップ画の写真。これは顔だから一番重要。有村さんも写真で読む読まない決めてるでしょ」

「たしかに」

「基本はスイーツの映えるアップ。あと遠・近・中と押さえる。文章はあとでいくらでも直せるけど、写真はその場でしか撮れないから絶対に忘れないで」

赤字で書いて下線を引いた。

「意外と忘れちゃうんだよ。取材先はやることたくさんあるから、どっか抜けがちなんだよね。僕もこの間久しぶりに行ったら忘れそうになってさ。だから今日教えること、ちゃんと覚えてね」

「はいっ」

そうこうしているうちに、注文したものが運ばれてきた。

「おお……っ」

写真と変わらない出来映えに気持ちが高まる。手が無意識にスプーンを掴もうと……

「有村さん」

「──はっ」

素で「はっ」とか言ってしまった。

「……あの、写真どうしましょう？　一応父からデジカメも借りてきたんですけど」

そそくさと、リュックからコンパクトデジカメを取り出す。

「いや、そのiPhoneでいいよ」

あっさりだった。とはいえ未羽も、古いデジカメよりはという気はしていた。

「じゃあまず、パフェのアップから」

智田に言われ、iPhoneを構える。

いつもしていることのはずなのに、緊張で頭が真っ白になった。まるで知らない作業のように、どうしていいかわからなくなりそうになった。

「落ち着いて」

智田の声。

「普段どおりでいいから。お店に来てスイーツ撮るでしょ。自分が映えるなって思ったように」

その言葉で自分を取り戻す。端末を傾け、パフェを画面に収める。

「ピントだけ気をつけて」

「はいっ。……っ！」

震える指でパシパシ、パシッとタップした。

「……どうですか？」

智田が、受け取った端末画面をスワイプする。

「うん、いいんじゃない。慣れてるね」

OKが出たとたん全身が軽くなり、慣れてるねと褒められた嬉《うれ》しさがにじむ。

そんなふうに撮影は順調に終わった。

いよいよ実食である。

すらりと足の長いパフェグラスに、段重ねになったガナッシュのストライプが透けて見える。トップはココアパウダーをまぶし、チョコアイス、キャラメリゼしたバナナ、ラズベリー、ミントが華やかな色彩でトッピングされていた。

これはもう勝ちだ。チョコにキャラメリゼしたバナナの時点で。

スプーンを持った瞬間、ライター見習い・未羽は死んだ。

ここからは、ただの未羽になる。

アイスをすくいとり、鼻先にふれるどっしりとしたカカオの香りに恍惚《こうこつ》となりながら……口に入れた。

未羽のまなこが、カッと見開かれる。

「アイスと思いきやソルベ！　このリッチでバランスのいい濃厚さはまごうことなきゴダーヴァ！　けれどソルベだから軽やかにすいすい進んで……舌の上でチョコの香りとバレエを踊っているかのよう！　ガナッシュはしっかり甘くて、中のココアチップやゼリーとの食感の組み合わせが賑《にぎ》やかで楽しい！　トッピングのバナナ、ラズベリー、ミント、どういう順番と組み合わせで食べるかは、わたししだい！　そうだ、今わかった。パフェとは物語！　わたしだけのストーリィーなんだ……!!」

迸った熱い情動を、そのままメモ帳に叩《たた》きつけていく。羞恥《しゅうち》のリミッターは外していた。遊びではないのだ。

食《レ》ボ
とはいえ、出し切って我に返ると——向かいに座る相手の反応が気になる。事前に伝えてはいたが、それでもドン引きされていないだろうか。

智田はふっと一度吹き出し、目を逸《そ》らしながらにやにやする。

「す、すみません……」

「いや、ごめん。でもすごいね」

咳払《せきばら》いし、ちょっと真面目《まじめ》な顔になって見てきた。

「独自の視点があっていいと思うよ。それはすごく大事なことだから」

また褒めてもらえた。

それからパンケーキも食べ、外観や感想を書きつける。

「〈好きなもの〉の方は、何で書くか決めてる？」

ひと段落したとき、智田が聞いてきた。

決めてある。

「うちの店で一番人気の『ピレネー』にしようと思ってます」

テイクアウト不可の、秒で消えるケーキ。

「ああ、あれかぁ」

「ご存じですか？」

「食べたことある」

「おいしいですよね⁉　これしかないって思ったし、人気店の看板メニューってことでネタ的にもありなんじゃないかなって」

「――うん、いいんじゃないの」

「ありがとうございます！」

案も通った。ここまですべて順調だ。

アコーディオンの店内BGMと、ほどよいざわめきが聞こえる。ドリンクバーのコーヒーがとても美味《おい》しく感じた。

「有村さんはさ」

なにげない響きで呼ばれ、顔を上げる。

「本気でライター目指してるんだよね？」

智田が静かに聞いてきた。未羽は背筋に力を込める。

「……はい」

「そっか」

うなずくような動作でカップに口をつけ、コーヒーをすすった。

そして、こんなことを言った。

「じゃあこの課題で進めていいね」

「……って言われたんだけど、どういう意味だと思う？」

未羽はiPhoneを構えつつ、颯人に聞く。

画面には、白い三角錐《すい》の形でそびえる麗《うるわ》しのケーキ、ピレネー。

モンスールガトーの閉店後、未羽はイートインスペースで記事のための写真を撮っていた。

「さあな」

颯人はコーヒーを飲みつつ、わきのテーブルでそれを眺め入る。

「だよねぇ。あ、いい。いいよー」

ケーキに話しかけつつ、パシパシ撮る。ホームなので完全にリラックスしていた。

「ファミレスのコラボと、好きなもの、か」

颯人がつぶやく。

「どっちも気合い入れなきゃ。でもやっぱピレネーの魅力はより多くの人類に伝えたいよね。ナイスシズル感!」

ケーキのまわりをうろうろしながら、いいよいいよーとタップしまくる。

「フィルターもライターごとに工夫してるんだって。使ってるアプリを明かさない人もいるらしいよ」

「そうなのか」

「わたしもいろいろ試さなきゃ」

はりきっている未羽を、颯人がやわらかな面持ちで見守っている。特訓前の二人の時間を楽しんでいるふうだった。

「ゴダーヴァのコラボはどうだった？」

「おいしかった！」

端的に答える。

「ちゃんとゴダーヴァの味だった。ゴダーヴァは、後から出てきた諸々《もろもろ》のブランドに比べて踏み込みが足りないところもあるけど、わかりやすくて間違いないよね。あれがファミレスで食べられるって、時代の進歩を感じたよ」

颯人は真剣に聞いている。

「あっ、でね」

未羽はくすくす笑いながら、

「智田さん、パンケーキ一瞬で食べちゃって。びっくりしたら『最近甘いもの控えてたんで』って、恥ずかしそうにしてたのがかわいくてさー。ギャップ萌《も》え？　きゅんとしたわー」

とたん――颯人の眉間にみしっと縦皺が寄った。

「どうしたの？」

「なんでもない」

「怒ってない？」

「怒ってない」

「なんだっけ……そう、そのあと智田さんがね――」

がたっ。颯人が席を立った。

「颯人？」

コーヒーカップを手に、未羽の前を通り過ぎる。そのいらいらした顔がわかりやすい
ニュアンスをまとっていて、さしもの鈍い未羽もピンときた。

「もしかして……やきもち焼いてる？」

にやけながら聞く。

颯人は無言で厨房《ちゅうぼう》に向かう。未羽はカルガモのごとく追いかけ、

「ねえねえ？」

「………」

「わたしが智田さんの話するのがいやだった？」

「………」

「言っちゃいなよ」

シンクにカップを置いた颯人が、急に振り返ってきた。

その目が熱かった。沸き上がった感情のまま未羽に迫り、覆《おお》ってくるような高さから

みつめる。

「お前は俺の彼女だろ」

嫉妬《しっと》と独占欲を素直にぶつけてきた言葉がうっかり深く刺さり――未羽はときめいてしまう。

ふいに空気が変わったような感覚で、甘い心地になりながらもじりじりと顔を逸らす。

と……視界に、申し訳なさそうに立っている青山が入った。

「！　青山さんっ」

颯人も、あわてて振り向く。

「申し訳ない……」

青山が帰りがけの身なりで頭をかく。

「じゃあ僕はお先に――」

「そうだっ、あの、ちょっと待っててください」

未羽は青山を引き留め、控え室へ駆けた。

鞄《かばん》から一枚の紙を取り出し、また戻る。

「これ……」

差し出したのはシフト表だった。おずおずと目を伏せる。

「ありがとう」

青山が受け取ろうと表を見て――眉《まゆ》を上げる。

日付はすべて空欄のままだった。

「すいません、記事を書くのに集中したくて……」

「ああ、そっか」

そして未羽は青山に、真っ白のシフト表を渡した。

何も書かれていないそれを少しみつめ、青山は穏やかに笑む。

「がんばってね」

「はい！　青山さんに恥ずかしい思いをさせないよう、せいいっぱいやります」

未羽は前を向き、情熱を込めて言った。

6

かくして、執筆が始まった。

楽しかった。

読書感想文や小論文とはまるで違う。文章を書くことがこんなにも楽しく感じられるときが来るなんて、まったく想像しなかった。

いつも読んでいる記事を参考にしながら冒頭の紹介文を書いていると「わたし記事書いてる！」という感動があって、スイーツのくだりになったならば、あれも言いたいこれも言いたいと盛り込みたい要素がどかどかと湧《わ》いてくる。

学校にいるときも続きが書きたくて早く終わらないかと気が逸《はや》り、飛んで家に帰って父から譲り受けた旧《ふる》いノートパソコンで慣れないキーボードに苦戦しつつ文章を打っていると、またたくまに時間が経《た》つ。

家族も「先生」とか言いだして、書いている様子が見たいのか、差し入れなどと理由をつけて部屋に来る。母、姉、妹、父と時間差の四連撃を受けたときは「昭和のコントか！」とツッコんだ。

そして——

あっというまに書き上がってしまった。

「………………」

未羽はディスプレイを前に、きょとんとなっている。

終わった。締切なんてまだまだ先なのに。

キーボードに指を置き、改行の位置を変えてみたり、句読点の打ち方を変えてみたりする。行為の類《たぐ》いとしては、なくなったバニラシェイクをもう一度すすってみることに近い。

ようは、もうちょっとないかな、という。

こんなにあっさり書けていいのだろうか。

漠然とした不安とともに、文章を何度も何度も何度も読み返していると、いいのか悪いのか、ぜんぜんわからなくなってきた。

――これで智田さんに出していい？

本来ならば、担当編集者こそ意見を求める相手だ。

でもこれは最初の、第一印象だ。ここで失敗すると自分に対する評価はかなり厳しいものになってしまうのではないか。

こわい。

だからまず、颯人に読んでもらうことにした。

「いいと思う」

昼休みの屋上。プリントアウトした原稿を読み終えた颯人が言った。

フェンスの編み目越しに見渡せる市街地。空から届く風が心地いい。

颯人の「いい」は本物だ。未羽はほっと嬉しくなりながら、だからこそ、

「でも食レポの部分、やりすぎじゃない？　もっと普通にした方がいいかもとか……」

「例えば？」

「ふわふわで濃厚、みたいな」

「絶対やめろ」

颯人の顔がいきなり険しくなった。

「なんなんだあれは。カリカリ、もちもち、じゅわっ。どれを読んでも同じ言葉の羅列だ。あいつらはそれしか使えないのか」

秘めたるスイッチを押してしまったらしく、ひどくお怒りの様子で言った。

「でもほら、やっぱわかりやすいじゃん？」

未羽は流れでかばう側になる。

「やってみてわかったけど、文字数とかもあるし……」

「いいや。自分の脳みそを使わず、そういうものだと流れているだけだ」

颯人は心底いらだたしげに、

「世の中、漫然と仕事をしている人間が多すぎる」

いろいろ溜め込んでいるらしい（あの最上颯人が！）と思いつつ、未羽も引き下がらない。

「ケーキ作りにも決まった道具とか手順があるじゃん。きっとそれと同じだよ」

颯人が渋面になる。痛いところを突かれたというふうに。

少しだけ黙り、つぶやく。

「決まった簡単な言葉じゃないと伝わらないだろうっていうのは、読み手を舐《な》めてることだと思う」

そしてこちらを向き、原稿を返してきた。

「だからお前は、このままでいけ」

ふいに投げかけられた言葉に、未羽の胸が引き締まる。

彼はまっすぐみつめながら、きっぱりとした響きで励ましてきた。

「お前の心と熱が乗った自分の言葉は、きっと大勢に伝わる」

7

未羽は智田とのＺｏｏｍに備え、前髪に気合いを入れていた。

提出した原稿のジャッジが下る。

緊張する。大丈夫なはずだという自信と、それがまったくの勘違いであるという見えざる闇《やみ》への怖《おそ》れ。

この道に踏み込んでから、緊張にもこんなにたくさんの種類があるのだと知った。これまで味わったことのない様々な感情を、短期間で経験している。

二〇時。時間がきた。

ＵＲＬをタップ。画面が開き、智田が映った。

オンラインミーティング開始特有の視線の揺らぎと確認の間があり、

『どうも、お疲れさまです』

「お疲れさまですっ」

笑顔で応《こた》えつつ智田の顔色を観察するが、原稿の評価は読み取れなかった。

『先日は取材、ありがとうございました』

「こちらこそ、ありがとうございました」

『あのあと会社寄ったら、同僚が取材先からチョコレートいっぱい持って帰ってきてて』

智田が軽い世間話を始めた。

『智田さんもどうですか？　って聞かれたけど、僕はもういいって』

「あはは」

本題の前のクッションだとわかっている未羽は、内心まったく落ち着かない。

『提出、早かったですね』

「あ、なんか、すごい楽しくて。自分でもびっくりしました」

ややテンションが上がりつつ、近づいてきたなと構える。

『筆が速いのは基本的にいいことだよ。——で、読みました』

刹那、ズキーンと心臓が突かれる。

智田が置いていたコピー紙を手にし、目を落とす。未羽にはそれが、判決を読み上げる裁判官のごとく映った。

鼓動が騒ぐ。視野がやけに狭くシャープになる。まさしく囚人の心境だった。

『うん。だいたいこれでいいと思います』

こめかみから頬が、かっと熱くなった。

そして全身に広がる爽快感《そうかいかん》。

「……………よかったああ！」

未羽は砂漠で水を飲んだあとの勢いで言う。

『形も問題ないし、有村さん独特のワードセンスもうまく効いてると思う』

「そこはほんとに迷って！　もっと無難にした方がいいんじゃないかって、人にも相談して」

『でもタイトルはいまいちだね』

「あーそこは自分でも正直……！」

大げさに体を傾ける。テンションが高まりすぎていた。

『本文もいくつか直してほしいところがあるので、今から言っていきます。大丈夫ですか？』

「はいっ！」

ボールペンをかちりと押す。こんなにやる気のある瞬間というのも、なかなかない。

まず指摘されたのはSNSアプリの名称だった。大文字と小文字のスペルの違い。

『スマホだとだいたい正しい候補出してくれるけど、古めのパソコン使った？』

「はい、父のお古をもらって……自力で入力しました」

『けっこうあるあるだね。企業名とかその手の表記は、ちゃんと確認して正しく書く癖をつけてください』

「はいっ」

『食レポのとこ、有村さんはけっこう五感を押さえられてる方だけど』

「五感？」

『見た目、香り、味、音、食感。その全部を書くことが理想』

「！　なるほど」

『読み手の感覚を刺激してあげることが大事なんだ。作家と話したときに、小説も同じだって言ってた』

猛スピードでメモを埋めていく。

『中には見た目しか書かない人もいたり、それぞれどの感覚が強い弱いの違いが出るんだけど、有村さんは音の言及が少ない傾向があるね』

未羽ははっと原稿を見る。たしかに音についてふれていない。これまでの食レポはどうだっただろう。

『まあ今回のやつは音の要素は出にくいけど。今後意識するようにしてください』

「はい！」

それから細かい表現や誤字脱字の指摘が続いた。

『そのへんのところを直してくれれば大丈夫です』

智田がいつもの淡々とした面持ちで言う。けれど丸眼鏡の奥にある黒目は引き締まり、プロの鋭さを宿している。未羽にはそれが今、どこか温かく映った。

「……あの、じゃあ、採用ってことですか？」

『ええ。載ります』

未羽が息もできずに達成感を覚えていると、

『初めてにしては、かなりよく書けていました』

思いがけない褒め言葉に、揺さぶられる。

『この感じでやれるなら、ほんとに向いてるんじゃないかな』

「…………っ」

その言葉を、額縁に入れて飾りたいと思った。

未羽は羽ばたいていきそうな胸を手のひらで押さえる。

『じゃあこれくらいで。引き続きよろしくお願いします』

「……よろしくお願いします！」

未羽は机に突っ伏すように頭を下げた。

ビデオが消え、画面が切り替わる。ミーティングが終わった。

未羽はおもむろに立ち上がる。

そして、爆発する喜びとともにベッドへダイブした。

「〜〜〜〜〜っ！」

枕《まくら》に顔を押しつけ、歓喜の奇声を出しながら手足をバタバタさせた。

――やった。

やった……！

スマホを摑《つか》み、颯人にＬＩＮＥした。原稿に無事ＯＫが出たと。載ると。本当は直接言いたいけれど、何度も押しかけるわけにはいかない。送信。

くるっと仰向き、大の字になる。

幼い頃から見てきた天井の木目を眺めつつ余韻に浸ろうとしたとき、ＬＩＮＥの通話が鳴った。

まさかと思って手元に寄せると、そのまさかの颯人だった。びっくりして、出る。

「もしもし？」

『よかったな』

「――」

声の響きに、じんとしてしまう。

「うん……あっ、作業大丈夫？」

『ああ』

もしかしたら颯人は、今日だけスマホを厨房に置いていてくれたのかもしれない。未羽の報告を聞くために。きっとそうだろう。

嬉しかった。

「……あのね、食レポのとこ、いいって言ってもらえたよ」

『そうか』

「うまく効いてるって。あっ、でもタイトルはいまいちだってやり直し。あとSNSのスペルが違うって。そういうの正確にしなきゃいけないんだって」

『なるほど』

ついつい早口になる未羽に、颯人が穏やかに相づちを打つ。

「でね、でも、初めてにしてはいいって。向いてるんじゃないかって言ってもらえて……！」

話しているとさっきの興奮がまた湧いてきて、スマホ越しにそれを伝える。

受けとめられた感触がした。

『やったな』

「うん……！」

共有の歓《よろこ》びに打ち震える。

潮《うしお》のように満ちながら、気持ちを分けあえる人がいるのはなんて素敵なことなんだろうと未羽は思った。

8

いよいよ二次審査の日を迎えた。

未羽も搬入を手伝う。

青山がレンタルした車に機材を載せ、早朝、三人で会場のある高田馬場に向かった。

──思い出すな。

一昨年、颯人が初めて挑んだコンクール。完成したアメ細工《ピエス》を同じ形の車に載せ、壊さないよう支えながら品川の会場に運んだ。

未羽はそれを話題に出そうとして──やめる。

前の助手席にいる颯人が、じっと目を閉じ集中していたからだ。

緊張した車内。青山も何も言わず運転している。

「…………」

窓に視線を移す。

首都高のわきをマンション群が流れる。空はすっきりと晴れていた。

今日は颯人の本番であると同時に、未羽の記事が公開される日でもあった。思わず声が出てしまった偶然の重なりだった。

初夏の訪れを感じさせる太陽を見ながら、未羽は根拠もなく思う。

今日は二人、どちらにとってもいい日になるに違いないと。


高田馬場にある製菓学校は、茶色い凱旋門《がいせんもん》のような形をした建物だった。

大きな車道沿いで手狭さを感じる入口周辺に、関係者が立っている。

車で搬入口に回った。時間割がされているおかげで、特に混雑などはしていない。

三人で荷物を下ろし、未羽は足つきのラックを押して建物に入る。

「葵さん、ええですから！」

知った声が聞こえた。

「いいから！　あなたは自分のことに集中なさい」

漣と葵だった。大きな段ボールを抱えた葵を、漣が止めようとしている。

漂う二人の空気。親密な距離感。

葵から報告を聞いてはいたが、こうして目《ま》のあたりにすると驚くほどに変わっていた。

「漣くん！　葵ちゃん！」

未羽は手を振った。気づいた二人が反応する。

葵が、ぱっと華やかな笑みを咲かせた。

漣もいつもの陽気な表情で手を振り返してくる。——けれど、そのまなざしにはかつてあった熱が過ぎ去り、秋のような涼しいものになっていた。

未羽はほっとした気持ちと、一抹のさびしさを刹那《せつな》、感じた。

「調子はどうや？」

漣が颯人に話しかける。

「別部門やから、心置きなく応援できるわ」

「…………」

「今日はちょっと気温高いな」

「ああ」

颯人が神妙に応える。

気温や湿度は、アメとチョコレートに大きな影響を与える。暑さは敵だ。だからコンクールは通常、夏を避ける。もちろん会場は空調管理されているが、二人はどうしても敏感になってしまうのだろう。

「お互い優勝したら、チームメイトやな」

「お前はできるのか？」

「そっちこそできるん？」

「当然だ」

漣がにやりと笑い、

「そのまま返すわ」

颯人の背中を軽く叩き、戻っていった。

混雑した廊下を進み、A部門の会場に入った。

普段は実習の授業に使われている厨房だろう。ゆえにそれなりの広さがあったが、参加者と機材によってかなり窮屈に感じる。

ブロックに区切られた調理台で準備を進めるパティシエたちはみな若く、迫力のある立ち居振る舞いをしていた。上を目指し研鑽《けんさん》している若者特有の純粋さと鋭さが顔立ちに表れている。

それでも全員、颯人より一回りは年上だ。経験の厚みも漂っていた。

未羽はあらためて怯《ひる》む。この中で一番にならなくてはいけないのだと。

傍らの颯人を見る。彼は動じない。

指定された調理台に荷物を置き、粛々と支度を調えていく。時折向けられる視線も気にせず、威風堂々とさえ言える存在感を放っていた。

伝わる自信に、未羽の体が痺《しび》れる。

「がんばってね」

そう声をかけ、離れようとする。

「……未羽」

「ん？」

振り向くと——彼の熱い瞳《ひとみ》とぶつかった。

「今日は俺たち二人、どちらにとってもいい日になる」

未羽は頬をほころばせる。

「うん！」

ああ彼は本当に優勝するのだ、と思った。


予定があるという青山と別れ、未羽は葵と合流した。

一緒に最寄りのファミレスへ。

葵はこういう店は初めてだと言い、メニューをしげしげみつめたり、ドリンクバーに戸惑ったりした。その姿にお嬢様感が溢《あふ》れていて、未羽は現実にいるのだと驚きつつ、いいものを見たという気持ちになった。

競技が終わり結果が出るまでの長い時間、未羽たちは待つことしかできない。

だから、たくさん話した。

漣のこと、颯人のこと。スマホでもやりとりしていたけれど、直接話すとまた楽しい。いろいろ新しいことも出てきて。

あとは、明日になったらもう思い出せないようなどうでもいいこと。

でもそれでいい。友達との会話はそれでいいのだ。

なおも続く時間を持て余し、無言になったり、トイレに立ったり、待っている間にスマホを見たり、弛緩《しかん》する間も増えてきた。

「——あ……」

退屈に外を見ると、窓に水滴の筋がついている。

いつのまにか雨が降りだしていた。

「雨」

言うと葵が振り向き、優美な眉を曇らせる。

「大丈夫かしら」

会場のコンディションを心配しているようだ。

二人で濡《ぬ》れる街を眺める。

「予定ならとっくに終わってるはずなのに」

「ね。延びてるね」

「審査が採《も》めているのかしら」
ドリンクバーもたいがい飲み疲れてしまい、コップの中身はただの炭酸水。
雨を見ながら口に含む。泡の感触が舌と上顎《うわあご》で弾《はじ》けた。
後ろのテーブルに運ばれてきたフライドポテトの匂《にお》い。
もう何度もリピートで聞いた店内放送。
未羽は記事を書いた影響で、そういう五感をひとつひとつ意識に拾う。
パッ
置いていたスマホの画面が、二人ほぼ同時に点《つ》いた。
「「――っ!」」
一斉に取る。
メッセージを見た瞬間、自分の顔が輝くのがわかった。
葵と向き合う。そう――こんな顔だ。
互いのスマホを見せる。
どうやって喜びを表現しようか探り合ううずうずとした間のあと、身を乗り出す。
歓声の代わりに、ぱんぱんぱんっ! と互いの肩を叩き合った。
颯人も漣も、見事、優勝した。

9

会場の前に着くと、雰囲気がすっかり変わっていた。

作品の一般公開が始まったことで、見学者が続々と円形のエントランスに入っていく。多くが学生に見える。製菓を学ぶ生徒たちが勉強のために訪れたのだろう。備品を運び出す参加者の仲間らしき者たちと交差し、競技が終わった弛緩した空気が漂っていた。

未羽は葵とともに見学者の列に加わり、二階へ上った。

作品展示室へ続く廊下に、長い行列ができている。

廊下の奥の突き当たりに、颯人と漣が立っていた。

颯人はクールに、漣は喜色満面で手を振ってきた。

「おめでとう！」

未羽はそばへ寄って、颯人を見上げる。

彼が小さなうなずきで応えた。戦いを終えた疲労と解放感がコックコート姿からにじんでいる。

そのとき未羽は、違和感を覚えた。彼の表情がどことなく冴《さ》えないような。

「どうしたの？」

「何がだ」

「なんか……」

「お祝いしなきゃね！」

葵が言った。

「未羽たちもどう？　とっておきの店を予約するわ」

話すわきを、関係者が窮屈そうに通り過ぎていく。

「ここにいると邪魔だね」

「じゃあ列に並びましょう」

「あとででええんちゃう？　すぐ空《す》くし、どっかで話そうや」

ジュース飲みたいわぁという漣の提案により、一階の自販機へ。

漣はコーラ、颯人はスポーツドリンクを買い、ともに勢いよく飲んだ。いかに消耗していたかが伝わってきた。

「あ、そうや、めっちゃ驚いたわ」

ひと息ついた漣が言う。

「未羽ちゃんは知ってたん？」

「何が？」

「日本チームの団長、青山さんやねん」

「えっ！」

団長は、トレーニングのプランなどチームの戦略的な部分を担《にな》うコーチだ。

「最上くん、ぽかーんって口開いてて」

笑いながら隣の背中を叩く。颯人が心底うざそうにした。

そういえば以前、コンクールの打ち合わせに出かけていた。

「なんで黙ってたんだろ」

「どうでもいいことも秘密にする人なんだ」

弟子は呆《あき》れたふうに言った。

「まーなんしか、ドリームチームの誕生や」

漣がドヤ顔で言う。

「僕と最上くんの作品は正直、他より明らかに上回ってたからな。誰が見ても文句ナシ、史上最年少の天才チーム。率いるんは世界一を獲《と》った日本で数少ない現役レジェンド。日本の悲願でもあるWPTC優勝の大本命や。客観的に」

ふいに、エントランスの周辺がざわめく。

みんなが入口に注目していた。案内人らしき背広の男性のあとに——金髪の外国人男性が、高級そうな傘を手に歩いてくる。

ハリウッドの名優と見まごうばかりの風采《オーラ》。そこにだけ晴れ間をもたらしているような輝きがあった。

……！

未羽は、彼を知っていた。

ルイ・デシャン。

フランスの研修旅行で会った天才シェフ。その圧倒的な力で颯人を打ちのめした人物だ。

とっさに颯人を顧みると、彼は慄然《りつぜん》とこわばっていた。

エントランスの自動ドアを抜け、ルイが入ってきた。

自《おの》ずと人が退いていく。

「展示室は二階にあります」

案内人がぺこぺこ恐縮しながらエレベーターのボタンを押す。

通訳らしき日本人女性がそれを訳す。

ルイは優雅な面持ちでうなずき、颯爽《さっそう》と扉をくぐっていった。

渦巻く颯人の気配になど微塵《みじん》も気づかぬ様子で。

「……なんでここに？」

漣がみんなを代表してつぶやき、空になったペットボトルをゴミ箱に押し込んだ。

「行こうや」

異論はなかった。

作品《ピエス》のチョコレートが香る展示室は、騒然となっていた。

居合わせた見学者たちが壁際《かべぎわ》に退いている。そのほとんどが、憧《あこが》れの英雄と出会えたまなざしをしていた。涙ぐむ女子もいる。

二〇人の審査員たちも全員駆けつけ、一様に戸惑いを浮かべていた。彼らにとっても不意打ちだったらしい。

ルイは中央に立ち、フランス人特有のまろみのある表情の作り方で微笑《ほほえ》んでいる。

「どうしてこちらに？」

壮年の審査員長が尋ねる。おそらくフランス語も話せるだろうが、まわりに配慮したのだろう。

女性の通訳が伝えると、ルイはうなずき、応えた。

「旅行の帰りに寄りました」

通訳の口から語られる。

「日本は来るたびに素晴らしい経験を与えてくれます。今日は香川で、念願だったうどんと現代アートを堪能《たんのう》しました」

ルイの軽やかで心地よいフランス語が室内に響く。

「どちらもインスピレーションを刺激するものでしたが、特にうどんです。喉《のど》で食すという発想は新鮮で、大きなヒントになりました。私は日本文化をとてもリスペクトしています」

親日家の発言に、まわりの表情が和らぐ。

「ちょうどタイミングが合ったので、旅の締めくくりに寄らせて頂きました。——私もフランス代表に内定しているので、お手並み拝見ということで」

どよめきが広がった。

向き合う審査員長も驚愕《きょうがく》している。

「……あなたが？」

「はい。大会のアドバイザーという形で関わっていたのですが、いつのまにかそういうことに」

肩をすくめる。

「……なんで……？」

漣が、理解不能というふうにつぶやく。

颯人も怪奇に出くわしたように絶句していた。

なぜなら、コンクールとは凡《およ》そ、まだ名のない者がそれを得るために参加するイベントだからだ。

すでに世界的な地位を確立した権威がエントリーするのは、どの業界でもありえないこと――。

真空のごとく張りつめた室内が、衝撃の大きさを物語っていた。

「日本のレベルの高さは知っています。見ても？」

ルイが静寂を破る。審査員長は気を取り直し、もちろんですと応じた。

「どうぞ」

作品を一列に並べたテーブルを示し、案内を始めた。

ルイはにこやかに参加者の作品を眺めていく。貴人が地域の展示会を鑑賞しているニュースを彷彿《ほうふつ》とさせる光景だった。

「こちらが代表に選ばれた作品です」

奥の別座に、漣のチョコレートと颯人のアメが『金賞』というプレートつきで陳列されていた。

ルイがその前に立ち、まず、漣の作品を見る。

軽く撫《な》でるようだったそれまでと一変し……じっとみつめた。

周囲が固唾《かたず》を呑《の》む。

「…………」

漣が息もできずに待っている。心臓の音が未羽の耳にまで届きそうだった。

「──Ne pas faire attention aux détails」

ルイが小さくつぶやく。

左手を前に突き出し、チョコの柱にふれ──押す。作品がうしろに傾き、そのまま床に落ちていく。

ぐゎらん。

砕け散る、硬く簡素な音が鳴った。

──え？

あまりのことに認識が追いつかず、室内の時が数秒、止まった。

「何を……！」

審査員長が摑《つか》みかかろうとした寸前、ルイが手で制止。

有無を言わせない圧力で場を支配したまま、颯人の作品に移る。

異常な行動を前に、誰もがどうしていいのかわからなくなっていた。

漣の作品より長く見ていた。

刹那、ぞわりと未羽の皮膚が粟立《あわだ》つ。

ルイの横顔が凄《すさ》まじい憎悪《ぞうお》に染まり、瞳に冷たい灼熱《しゃくねつ》の炎が閃《ひらめ》いたと──そう幻視したからだ。

ルイの左手がまた前に出て……柱にとまる楽園の鳥を毟《むし》り取った。

床に叩《たた》きつけた。

グラスが散ったような響き。

悲鳴。

未羽は反射的に颯人にしがみつく。それは彼を支えるためか、抑えるためか。きっとどちらでもあった。

けれど。

見上げた颯人に怒りはなく、まるで――秘密を暴《あば》かれた罪人みたいな憐《あわ》れな目をしていた。

10

モンスールガトーの控え室は、昏《くら》い湖の底のようだった。

会場から荷物を搬出し、あるべき所へ戻したあと、颯人はソファに腰を沈めたまま動かない。水底の瓦礫《がれき》のごとく虚《うつ》ろだった。

その隣に、未羽はいる。

今の彼を放っておけなかった。そして彼もまた、拒まなかった。

ドアのわきには、コンクールで使ったシリコン型を詰めたスポーツバッグ。忌物《いみもの》めいた重苦しさで映るのは、彼が向ける意識のせいだろう。

「…………うまくいかなかった」

颯人が一時間ぶりに言葉を発した。

手のひらをみつめている。ちょうどあの鳥が収まるぐらいの広がり。

指先が、悔しそうに折れ曲がった。

「最初にアメを流し過ぎたところから、引きも、羽の接着もいちいち決まらなくて、何をやっても、全部、ボロボロになっていって……」

すべてがいつもどおりにできず崩れていく。ひと言でいえば、調子が悪い。誰にでも訪れる「何をやってもダメな日」。それが彼にとって、よりにもよって今日だった。

未羽が作品を見た限りでは、わからなかった。いつもと同じに見えたし、実際に優勝もできた。

だが、他の人にはわからなくても本人には感じられるという不出来がある。

そして鋭い審美眼を持つ者は、それをも暴いてしまうのだ。

「よりによって、あいつに見られたっ」

ふいに声を荒げ、頭を抱える。驚く未羽の前で、髪をくしゃくしゃにかき乱した。

「あいつの中で、俺はあの程度の奴《やつ》だと思われた！」

これほど激高する彼を、未羽は目にしたことがない。

「くそ!!」

首筋が真っ赤に染まっていた。

未羽は少しの間こわばり、それからそっと彼の背に手をあてる。寄り添う。彼の体は悔しさと恥ずかしさで溶岩みたいに熱く、湿っていた。

未羽には今、こうすることしかできない。

部屋に窓はなく、何時でも蛍光灯の薄さがあるばかり。けれどきっと外はもう暗いだろう。夜の気配が壁から染《し》み出てきていた。

と――颯人が身を起こす。

向けてきた表情は、別のことを思い立ったふうだった。

「末羽」

「なに？」

「記事、もう公開されたんじゃないか」

きょとんとなると、

「見よう」

ああそうかと思った。

こんなにつらいときでも、彼は自分だけのことにはならないのだ。

そして同時に、この場を照らす少しでも明るいものを見ようとしている。

「うん」

末羽はスマホを取り出した。

「あのね、二つ同時に公開されるの」

「すごいな」

「でしょ」

あえて声を弾ませ、場を持ち上げていく。

「さっき智田さんからメール来ててさ、二つの記事の反響を受けとめてくださいだって。

そりゃそうだっていう」

「自分ではどっちがいいと思う?」

「んー」

ちょっと黙考し、

「やっぱピレネーかな。どっちも全力でやったけど、どうしたって思い入れが違うよね。お客さんにひたすら勧めてきたからスッと書けたし——うん、ピレネーのが断然いい出来!」

「そうか」

颯人が心地よさそうな目をして、肩をくっつけてきた。ふたりでスマホをのぞき込む。

「いくよ」

「ああ」

未羽は、掲載サイトのタブを更新。

すると、トップページに二つのタイトルとサムネイルが表れた。

自分が書いた文言と写真を目にした瞬間、体の奥で光の粒子が拡散したような喜びが駆ける。

「載ってる!!」

颯人にがんがんぶつかる。

「載ってるよ!」

「ああ」

応《こた》えて、未羽の頭を抱えるようにしてくる。気持ちいい。ふたりを包む空間が明るく、ぬくもった。

タップして記事を開く。この間撮ったばかりのゴダーヴァのパフェが大きく表示された。

――ほんとに記事になってる……！

感動しながら、もう何十回も読んだ文章をまた一語一語くっきりと読んでしまう。

隣で颯人も読んでいる。くすぐったい。

「よく書けてる」

お褒めの言葉に、ふふっと笑う。

「たしかにピレネーの方が客観的に見てもいい。気持ちが入ってる」

「だよね」

「伝わると思う」

「うん」

――反響とか、もうあるのかな。

感想などつぶやかれているだろうか。作品を発表したとき誰もが気になることを抱いたとき、ちょうど記事の終わりに辿《たど》り着く。そこには、SNSのリプライ数を表示するカウンターがあった。

「！　もう一万五〇〇〇超えてる……！」

かっと顔が熱くなった。

投稿がバズったときとは違う興奮。あれは思いがけず降ってきた幸運に対するものだった。

でもこれは、そうじゃない。ライターとしてのデビュー記事。それが読まれ、実力として評価されたということ。

「うわーなんか実感ない……」

たまらない高揚感に身を浸しながらSNSで検索をかけると、リプライや引用コメントがぞくぞくと並ぶ。

振り向くと、颯人は眩《まぶ》しそうにしながら、

「やったな」

「うん……！」

末羽はうきうきとゴダーヴァからピレネーの記事に移る。またひとつひとつ読んで、どうだ、と期待いっぱいにリプライ数を見た。

一瞬――頭が真っ白になる。

７０６

認識が追いつかない。

すぐに受け入れられず、ゴダーヴァの記事に戻って再度、数を確かめた。

２１００３

さっきよりも、五〇〇〇以上伸びていた。

またピレネーの記事を見るが、こちらは一〇しか増えていない。

どれだけ目をこらしても、七〇〇。ゴダーヴァとは二桁《けた》差。

もし今ひとりだったら、絶句のままでいただろう。けれどそばに颯人がいるから、

「……なんで？」

と、あえて声に出してしまう。

振り向くことができなかった。

彼はきっと、どう言葉をかけていいのかわからないという悲しい顔をしているから。

それを見てしまったら、胸が痛くて耐えられなくなってしまうだろう。

「誰でも知ってるチェーンとブランドのコラボだ。反応が多いのは当然だろう」

こめかみで響いた彼の声には、気遣いの音があった。

「そうだけど……でも、こんなにさ……！」

こんなにも差が出るなんて、納得できない。

「記事は絶対、こっちのがいいもん！　写真だって映えてる！　何より――何よりさ……ピレネーの方が美味《おい》しいよ!!」

そうだ。

「口に入れたとたん魔法みたいに消える食感、そのあと広がるクリームの透きとおった甘さ、鼻を抜ける涼しい香り！　ほんとにヨーロッパの雪山に来たみたいなそういう気持ちになる！　それは青山さんの才能と選び抜いた材料だから出せるひとときで……ここでしか食べられない特別なケーキなのに！　絶対ぜったい！　ピレネーの方が美味しいのに……!!」

涙が出た。

悔しかった。

この二〇〇〇〇という数字は記事のクオリティでもなんでもなく、ブランドの力に過ぎない。その現実に脱力させられた。

どうして伝わらないんだろう。

理不尽な壁に遮られてしまった感覚。がむしゃらに叩いて、かきむしりたくなる。

溢れ出す感情に飲まれそうになっていると、颯人に抱きしめられた。

未羽は胸の中で嗚咽《おえつ》を洩《も》らす。子供みたいに涙をぽろぽろこぼして呻《うめ》く。

こんなに悔しいのは生まれて初めてだった。

全力を注いだものが報われなかった。テストの点が思ったよりも悪かったこととか、そんなものは比較にならない。まるで自分自身を否定されたような痛み。重たさに身動きがとれなくなりそうだ。

けれど——。

そのとき未羽は、天啓のごとく気づいたのだ。

これまでまったく理解できなかったあることが、今やっと、わかったのだ。

未羽は颯人の胸からそっと離れ……彼と向き合う。

「……颯人。わたし、やっとわかったよ」

笑む。

繕いではない。実際に嬉《うれ》しいのだ。

「颯人はずっとこうだったんだね。夢に向かってがんばることは、こんなにも楽しくて夢中になれて、しんどいとかぜんぜん思わない。前進すると飛び上がるくらい嬉しくて、でも躓《つまず》くとさ、どうしようもなく苦しいんだ……」

これまで見てきた様々な場面がよぎる。毎日特訓する姿、勝ったときのドヤ顔、打ちのめされたときの苦悶《くもん》。

そばにいたけれどそれは所詮《しょせん》傍観で、彼の心に重なり合うことはできなかった。それが今、できるようになったのだ。

それわかる、と言えるようになった。

「だよね？」

颯人が大切なものをみつけたまなざしをして。

「──ああ」

未羽は破顔した。目尻《めじり》に溜《た》まっていた涙がつぶれる。

「やった。わたし、並べたね」

嬉しかった。さっきまでの悔しさはすっかり隠れて、自分が成長できたという喜びに包まれた。

そのとき未羽は、光るものを見た。

それは颯人の瞳にあって、ふくらみ輝いたあと──締まった頬を伝う。

彼が、泣いた。

未羽ははっと胸をつかれる。

初めてだった。泣くところを見たのは。

ルイに打ちのめされ悔しさに悶《もだ》えたさっきだって、一緒に感動的な映画を観《み》に行ったときだって、まなざしは小揺るぎもしなかった。泣いたら負けみたいな意地すら感じた。

なのに。

彼は今、大きな手で目許《めもと》を拭《ぬぐ》っている。

また開いて、みつめてくる。濡れた睫毛《まつげ》が雨上がりのように美しいと思った。

「未羽」

「……なに？」

「好きだ」

思いがけないタイミングに驚きつつ、胸の奥はしっかり反応した。

そのままひしと抱きしめてくる。

「……ええ……」

なんて言いながら、合わさるぬくもりからぐんぐんと無限みたいな力が注がれているのを感じた。明日からもがんばれると。

そしてまた、こうも思う。

やっぱり今日は、いい日だった。

「わざと書かせたんだろう」

颯人がソースパンでシュー生地をかき混ぜながら言った。

「わざと？」

未羽は、並べたポンポネット型に貼りつけたパイ生地の底にぷすぷす穴を開けている。

「ブランドの力や、読者が興味を持つ話題というものを身をもって経験させたかったんじゃないか。それは未羽が出したい『好き』とは必ずしも一致しないと」

「……プロの目線ってこと？」

「ああ。ライターにはそれが必要なんだろうな」

たしかにこれまで読者として読んでいる記事は、話題のスイーツに関するものが大半で、ライター個人の思い入れというテーマはほとんどなかった気がする。それを楽しく読んでもきた。

「……でも、SNSならそんなことないよね。自分の好きなものを発信してバズったりする」

「そうだな。だから、それでもやるのかと聞いてるんだろう」

智田の顔が浮かぶ。サブカルっぽい丸眼鏡と顎鬚《あごひげ》。ぼんやりすかした無表情。

「意地悪だよ！」

未羽は天井にぶつけた。

「最初から言ってくれればよくない？　てかやり方がひどい。えぐい。でもあの人いかにもやりそう！　いや、仕事に真剣なのはわかるんだけどさ」

智田の文句を愚痴ったのに、颯人がなぜか不機嫌そうになる。

「なに？」

「なんでもない」

背を向け、冷蔵庫からカスタードクリームのトレイを出す。扉の開け閉めがやたらと大きかった。

「……で、どうするんだ？」

ラップを剝《は》がしつつ、颯人が聞く。

「このまま続けるのか」

「うん」

迷いなく答えた。

「だってほんとに楽しかったし……颯人の気持ちにもなれたもん」

これまで何もなかった手につかめたもの。放したくなかった。

「悔しいしね。だからいつか、自分の好きを書いた記事をスタバの新商品よりバズらせる」

そのとき向けられた颯人の笑みは、山間《やまあい》から浮かぶ朝陽のようだった。やわらかな慈《いつく》しみと尊敬の光。

未羽はそれを浴びて、これでいいのだと心から思った。

できあがったシュー生地を、ボウルでカスタードクリームと混ぜ合わせ、絞り袋に詰める。

未羽は型のパイ生地に苺《いちご》のコンポートを入れていき、颯人がその上にクリームを絞る。あとは表面の飾りつけ。

パイ生地を細い棒状に刻んだものを、台に並べてある。これは「橋」だ。

ふたりが作っているこの焼き菓子の名は、ポン・ヌフという。

フランス語で「新たな橋」という意味だ。丸い菓子の表面に棒を二本、縦横に渡して交差する橋に見立てる。

「今日の締めくくりにふさわしい」と颯人が言った。

お菓子はいい。すべてを言葉にするよりも意味を込めることができる。しかも美味しく食べられるのだ。

颯人が生地を一本つまんで、縦に橋を架けた。

未羽も一本つまみ、横に交差させようとして……くすりと笑う。

そして、颯人が架けた橋の、隣にくっつけた。

「こうだよ」

と。

「並んで歩いていくんだからさ」

颯人が隣でうなずいた。

あとのものも同じように、颯人と未羽の橋を並べて架けていった。

二〇〇度で二〇分、一七〇度で一五分。

開いた業務用オーブンから、パイの焼けたかぐわしい香りが溢れだす。

最後に粉砂糖を振り、ラズベリーのジャムを塗れば完成だ。

颯人はできあがったポン・ヌフをつまみ、乾杯みたいに掲げてくる。

「Bon voyage」

「ボンボヤージュ？」

「フランス語で『佳《よ》い旅を』という意味だ」

「なるほど」

未羽もつまむ。

白《シュガー》と紫《ベリー》の混ざった橋。

できたてのそれはたまらなく美味しそうで、とても熱い。颯人は平然と持っているが、末羽はつい放しそうになる。

でも、がまん。

「ボンボヤージュ！」

元気よく言って、掲げた。

ふたつのポン・ヌフがつながって、ひとつよりも長い架橋《かけはし》になった。

ポン・ヌフ

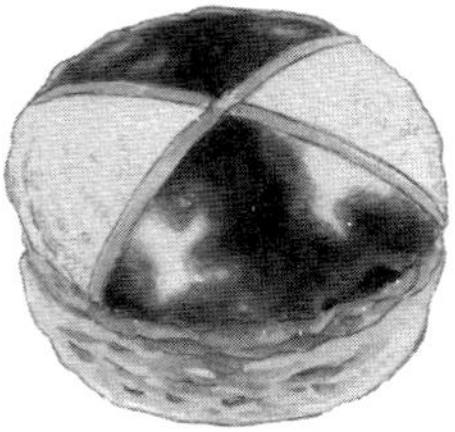

1606年、フランスのセーヌ川に架けられた橋の名が由来。

川に浮かぶ島を縦断して渡っており、その交差が十字の形になっている。

当時、セーヌ川に橋を架けることは新たな試みだったことから

新橋《ポン・ヌフ》と名付けられ、この菓子も同時代に考案された。

つまりは、今でもよくある新名所に因《ちな》んだスイーツだった。

400年の時が経《た》った現在、商品は伝統菓子になり、

橋はセーヌ川で最古のものとなった。

未羽と颯人の物語は、いよいよ佳境を迎える。

【取材協力】

はなとも／スイーツライター

戸田哲平／ウェブ編集者

＊

【章末ケーキイラスト】
中原薫

本書は新潮文庫のために書き下ろされた。

七月隆文著 ケーキ王子の名推理《スペシャリテ》

ドSのパティシエ男子&ケーキ大好き失恋女子が、他人の恋やトラブルもお菓子の知識で鮮やか解決！ 胸きゅん青春スペシャリテ。

七月隆文著 ケーキ王子の名推理《スペシャリテ》2

未羽は愛するケーキのお店でアルバイト開始。そこにオーナーの過去を知る謎の美女が現れて……。大ヒット胸きゅん小説待望の第2弾。

七月隆文著 ケーキ王子の名推理《スペシャリテ》3

修学旅行にパティシエ全国大会。ライバル登場で恋が動き出す予感!? ケーキを愛する高校生たちの甘く熱い青春スペシャリテ第3弾。

七月隆文著 ケーキ王子の名推理《スペシャリテ》4

パリ旅行に文化祭――そして、ついに告白!? 夢に恋に悩むとき、甘〜いケーキは救世主。世界に一つだけの青春スペシャリテ第4弾。

七月隆文著 ケーキ王子の名推理《スペシャリテ》5

祝♡カップル成立！ 初デートにコスプレハロウィンパーティー、看病イベントも発生!? 胸きゅんが溢れ出る新章「恋人編」始動!!

彩藤アザミ著 エナメル ―その謎は彼女の暇つぶし―

美少女で高飛車で天才探偵で寝たきりのメルとその助手兼彼氏のエナ。気まぐれで謎を解く二人の青春全否定・暗黒恋愛ミステリ。

町田そのこ著

コンビニ兄弟
―テンダネス門司港こがね村店―

魔性のフェロモンを持つ名物コンビニ店長（と兄）の元には、今日も悩みを抱えた人たちがやってくる。心温まるお仕事小説登場。

町田そのこ著

コンビニ兄弟2
―テンダネス門司港こがね村店―

地味な祖母に起きた大変化。平穏を崩す美少女の存在。親友と決別した少女の第一歩。北九州の小さなコンビニで恋物語が巻き起こる。

町田そのこ著

夜空に泳ぐ
チョコレートグラミー
R-18文学賞大賞受賞

大胆な仕掛けに満ちた「カメルーンの青い魚」他、どんな場所でも生きると決めた人々の強さをしなやかに描く五編の連作短編集。

三川みり著

龍ノ国幻想1
神欺く皇子

皇位を目指す皇子は、実は女！　一方、その身を偽り生き抜く者たち――命懸けの「嘘」で建国に挑む、男女逆転宮廷ファンタジー。

三川みり著

龍ノ国幻想2
天翔る縁

皇尊即位。新しい御代を告げる宣儀で、龍を呼ぶ笛が鳴らない――「嘘」で皇位を手にした罰なのか。男女逆転宮廷絵巻第二幕！

梶尾真治著

おもいでマシン
―1話3分の超短編集―

クスッと笑える。思わずゾッとする。しみじみ泣ける――。3分で読める短いお話に喜怒哀楽が詰まった、玉手箱のような物語集。